男爵令嬢のまったり節約ごはん2

登場人物紹介
オスカー
ベリーハウスがあるロコロの
街一帯を治める辺境伯。
執務の合間を縫って、
アメリアの店を手伝ってくれる。
モモ
アメリアの召喚精霊獣。
本人曰く「神聖な存在」だが、
見た目は可愛いワンコ。
アメリア
ローズベリー男爵家の長女。
婚約破棄をされたのを機に、
得意の節約料理を武器に、
「ごはんどころ・ベリーハウス」を開店。
愉快な常連さんたちと一緒に、
明るく元気に営業中！

ミレラ
ベリーハウスの常連さん。
いつも旦那さんの
愚痴をこぼしている。
ホセ
オスカーの専属執事。
明るくて気のいいお兄さんだが、
やや子供っぽい側面も。
フィオナ
ベリーハウスの常連さん。
極度のあがり症。
ミカ
ベリーハウスの近くにオープンした
「ほのか亭」の店員。ニノの妹。
ニノ
ベリーハウスの近くにオープンした
「ほのか亭」の料理人。
アメリアに敵愾心を持っている。

第一章　古いレシピの再現⁉

私、アメリア・ローズベリーが実家の男爵家にいた頃、季節の変わり目にはお茶会がつきものだった。

なんとか時間を捻出しては集まり、去り行く季節を惜しみ、やってくる季節を歓迎し祝う。

それはもはや、貴族界での習わしのようなものだった。

いくらローズベリー家が貧乏男爵家だといっても、お金がないことは、付き合いを断る理由にならない。

事実私だって、火の車の財政状況を隠して、幾度も参加してきた。そういった集まりでは新しいドレスをお披露目するのが常だったが、うちでは既存のドレスをどうにかリメイクして、まるで新品かのように見せる。

そんなドレスを侯爵令嬢にお褒めいただいたときは、嬉しさちょっぴり、冷や汗たっぷりだったのを覚えている。

……だが、そういった涙ぐましい努力をしていたのも、去年までの話だ。

今はちょうど、夏から秋への変わり目である。

今年の春に家を出て、超普通の一般庶民として（ここ大事！）、『ごはんどころ・ベリーハウス』を営《いとな》む私を待つのはお茶会ではない。

「アメ、朝から出かけたと思ったら、なにそれ、お花？　食べられないものはもらっても嬉しくないよ、ボク。飾りとしてお皿にのせられてる分にはいいけどね」

可愛らしい愛犬……ではなくて、素晴らしく徳の高い精霊獣（自称）であるモモが、机の上で前足と後ろ足を伸ばしながら、興味なさそうに呟く。

彼は食に関してこそこだわりを持つが、ほかはからっきしだ。

花束の美しさや意味なんて、たぶん理解しようとも思っていない。

「欲しがったってあげないわよ。これは別の人にあげるの。じゃあモモ、また少しだけ留守番しててね」

もうすぐお昼営業が始まる時間だ。

私は花束の中に手作りクッキーの袋を埋め込むと、一度店内を見回す。

「うん、すぐにでも開店できそうね」

今日はこの花束を買うために、朝早くに起きて仕込みを終えた。机もばっちり拭きあげたし、床も綺麗。

卓上に置いた調味料も、十分な量が入っている。

それらをひととおり確認して、私は一度頷く。それから靴を足先に突っかけて、また店を出た。

さんさんと降り注ぐ朝日も、路地裏の我が家にはまだ届かない。むしろ表通りに面する背の高い建物の影が落ちている。そんな道を歩いて向かったのは、三軒先。同じ路地にある一軒の家だ。

塗りたての鮮やかなオレンジ色が、届かぬ太陽の代わりに、ぐっと目に飛び込んでくる。

もともとこの壁が薄茶色だったことは、はっきりと覚えている。実はここも私が店選びをしているときに候補としてあがっていたのだ。

……結局、より安い今の家を選んだのだけれど。

ちなみに変わったのは、外壁の色だけではない。

少し前から進められていた改築の結果、建物の幅は広くなり、小さな庭も作られていた。

表通りにあったとしても、目を引きそうな洒落《しゃれ》た建物である。

軒先から吊るされた垂れ幕には、『ほのか亭、本日オープン』と書かれている。

「……まさか、飲食店がここにできるなんて。思いもしなかったわ」

風が秋の冷たさを孕《はら》み出す今日この頃。

私を待ち受けていたのは、優雅なお茶会の誘いではなく、これ――競合店の登場だった。

私が営《いとな》む『ごはんどころ・ベリーハウス』とこの店の間にある建物は空き家だったり、倉庫として使われていたりするから、実質的にはお隣さんだ。

この、ほのか亭はいわゆるビストロで、こだわりは野菜や肉などの素材にあるらしい。そのこだわりは、シンプルながらも目に訴えてくる店の外観からも感じることができる。

あんまり見ていると、ベリーハウスの建物の古さが際立って虚《むな》しくなりそうだ……。私は気持ち目を逸らしつつ、ほのか亭の前までやってくる。

そこで一つ、息をついた。

わざわざ少ないお金から花まで用意したのだ。挑戦だけでもしようと、扉を叩く。

「ごめんくださいな。開店のお祝いをお持ちしました、ベリーハウスのアメリアです」

「……また来たんかいな、そういうのはええって言ってるやろ。俺らは、ライバルなんや！　帰った帰った！」

が、やはり失敗に終わった。

店主の若い男性は一瞬だけ扉を開けて顔を覗かせると、まるで虫をはらうような仕草をする。その緋色の髪は、額が見えるくらいにかき上げられ、まっすぐに伸びた長めの髪を巻き込むようにしてピンでとめられている。

おかげで、黒縁眼鏡の奥で目をすがめる様《さま》もはっきり確認できた。

一瞬たじろいだ隙に扉が閉められてしまう。その風圧で私の前髪が後ろへと流れた。

――つまりは、こういうことだ。

とにかく、かなりのライバル意識を持たれている。開店準備中に挨拶に伺ったときからずっと、ばちばちに対抗心を燃やされているのだ。

これまでそれがどういう理由から来るものなのかわからなかったけれど……今、わかったかもしれない。

ちらりと覗いた店の中に見えたのは、ベルク王国お料理大会の優勝記念盾だ。第五回と書かれてあった。私がこの間参加したのは第七回だから、数年前に開催されたものだろう。

もしかして、あれがこの過剰なライバル意識の元凶なのかも……

私が立ち尽くしていると、裏手の扉が開いた。そこから、背の低い女性が駆け出てくる。

「すみません、私が受け取ります。ありがとうございます。それから申し訳ありません、兄が失礼を」

店長と同じ緋色の髪、眼鏡をかけているところまで同じ。だが、それ以外は、兄妹らしさを探すのが難しいくらい二人は似ていない。

妹さんに怖い印象は一つもなかった。

むしろ、とても真面目そうだ。

応対も所作も、ちゃんと丁寧である。

受け取ってもらえそうだとわかり、ほっとして気が抜けた。

「いえ、これからよろしくお願いしますね！　花束の中に、うちで焼いたクッキーも入れてありますわ。もちろん、毒なんて入れてませんわよ？　これは梨の果汁を使って作った特製品です。クッキーにのせた梨のコンポートも、酸味控えめで甘さこっくりです。食感もしっとりとしていて……」

いつもの暴走癖が、ついつい出てしまう。料理や菓子の話をしていると、自然と熱くなってしまうのだ。

自覚はしているつもりなのだが、一度口が動き出したらなかなか止まらない。

我に返った私は、慌てて咳払いしたのち、花束を彼女に渡した。いけない、半ば押し付けるようになってしまった。

「とにかく、お二人でどうぞ！」

私は浮足立っていたが、店主の妹さんはあくまで冷静だ。

「兄には、街で買ったと言って食べさせます。お花も飾らせていただきます。ありがとうございます。これからよろしくお願いします」

丁寧に頭を下げ、妹さんはそそくさと店の中へ帰っていく。

なぜこんな路地裏をあえて選んだのかしら、とか、どんな料理を出すのかしら、とか。

気になることはたくさんあったのだけど、残念ながら聞けずじまいだ。

この兄妹の似ているところを、もう一つ見つけたかもしれない。

方向性こそ違うけれど、二人ともとっつきにくいのだ。

……うーん、いくら競争相手といっても、日々いがみ合うような関係はいかがなものかしら。

私としては、ごはん屋を営《いとな》む仲間同士、仲良くしたい。できればよき隣人として、友好な関係を築いて、たまに食材の融通《ゆうずう》をし合ったりする仲になれればいいな、なんて思い描いていたのだけれど……

その道のりは遠そうだ。

すぐそばにほのか亭がオープンしたことで、客足が減ることもあるかもしれない。

そんな一抹の不安を覚えていたのだけれど、ひとまずその日に限っては、特段なにか変わることはなかった。

客足は堅調そのもの。

お昼は忙しくさせてもらい、昼下がりはまったりとして過ごす。

そうして迎えた十八時からの夜営業。

「ふむ、今日は出汁《だし》茶漬けの日か……。なになに、魚は鮭に、鰹《かつお》に、鯖《さば》。肉は鶏モモにささみ、野菜ではトマト茶漬けなんてのもあるとは！　やはり、ここは面白いなぁ」

カウンター席でメニュー表を見ながら唸るのは、最近常連になってくれた男性だ。

聞けば、このロコロの街にある冒険者ギルドのマスターを務めているらしい。

近郊の山岳地にある『魔の森』で、魔物などの狩りをおこなう冒険者たちを管理する冒険者ギルドは、街の経済や、安全を支える重要な機関だ。その取りまとめ役を担っているのが、ギルド長である。

髪との境目がわからないほど立派に伸びた灰色の髭《ひげ》は、その威厳を示しているかのようだ。噂によればかなりのやり手らしいが……

お店にいるときは、常にほのぼのした笑みを浮かべる、ただの好好爺《こうこうや》だ。

彼はだいたい仕事終わりのこの時間にやってくる。毎回、誰かしら若い人を伴っていて、今日も一人引き連れていた。

腰に短剣を提げているので、ギルドで依頼を受けている冒険者さんかもしれない。

「どれも美味しそうで迷ってしまうね。君はどれにするかね？　今日はおごってあげようじゃないか」

「……出汁《だし》茶漬けなど聞いたこともありませんが、鯖《さば》には思い入れがあるので、それにしようかと思います」

「そうかそうか、では私はそうだな。うーん」

迷っている様子のギルド長さんに、ついつい声をかけたくなって、私は小ネギを刻む手を止めかける。

が、そこでぐっと堪えたのは、今その役目は私のものじゃないからだ。

じゃあ誰のものかって？

『ごはんどころ・ベリーハウス』に、私以外の店員は彼しかいない。

「アメリアに代わって、私が説明しましょう」

控え室の扉から颯爽《さっそう》と出てきたのは、まごうことなき美丈夫《びじょうふ》だ。

バンダナから覗く藍色の毛先は少しうねり、色気が絡んでいた。

切れ長の瞳は雄大な海を思わせ、目が合った者に時間を忘れさせる。それに加えて鼻筋まで綺麗に通っているのだから、驚きだ。

その美しさは、絶対的なものである。たとえ高貴な方々の中にあっても、頭一つ飛び抜けた存在感を放つだろう。

本来、彼は路地裏の料理屋でエプロンを巻いているような人ではない。

なにせ彼――オスカーさんは、テームズ辺境伯家の当主様なのだ。

大貴族の彼と、貧乏男爵家出身でしかも今は小さな料理屋店主の私。

ひょんなことから繋がった縁は、料理大会が終わり私が貴族家出身とバレても、今なお深まり続けていた。

彼は変わらず、公務の合間を縫って店の手伝いを買って出てくれる。

『親殺しの冷徹領主』やら『権力至上主義の悪魔当主』やらと、街であらぬ噂を立てられ恐れられてきた彼だ。

手伝いを始めたばかりの頃は、店に立つだけでお客さんがいなくなってしまうほどだったが……

常連さんたちは徐々に慣れてきて、最近では彼にも気軽に話しかけてくれる。

そこで最近ついに、彼に注文を取りに出てもらうようお願いしたのだ。

オスカーさんは、「どうなってもいいのか」と及び腰だったが、そこは突き通した。

一時期よりはマシになったとはいえ、いまだ街でひそひそと囁かれる噂を払拭《ふっしょく》するためには、いつかは越えねばならない壁だ。

「やはり一番人気は鮭。この人気はとても堅いです。二番は鶏のささみ。鶏出汁《だし》のきき方がいいとご好評をいただいております」

ただ、まだ試行錯誤の途中らしい。

口調もそうだが、仕草も、作った笑顔も超がつくほどぎこちない。取って付けたように、唇だけが吊り上がっていた。

お堅いです、修羅《しゅら》の顔になってますよ、オスカーさんってば！

口にしそうになるが、これも呑み込み、またネギを切る。

回数を重ねれば、少しずつ慣れていってくれるはず……なんて思いながらも、結局やりとりが気になり、ちらりと窺《うかが》ってしまう。

「へ、辺境伯様!? 今日は店にいらっしゃったのですね。で、では、私は鮭を……」

「そうかしこまる必要はない、ギルド長。今の俺は一店員だ。辺境伯と思わず、ただの店員のように接すればいいさ」

「いやいやいや、なにをおっしゃるか！」

ギルド長さんは、いっさいの威厳をかなぐり捨て、髭《ひげ》を振り乱しながら首を横に振る。

さしものギルド長でも、辺境伯様には頭が上がらないらしい。

「いいから、やるのだ。ほかの店で、店員に接するようにしてみるがいい。俺も店員として接する」

なんだか、妙な流れだ。まるで接客のロールプレイみたいになっている。

普通に考えてもともとの上下関係があるのだから、これは難しい。というか、もはや強要してるわよね、これ……

止めに入ろうかと思ったところで、ギルド長さんがコップに入った水を飲み干し、震えた声で言う。

「じゃ、じゃあ、えっと、ほかのおすすめを教えてくれるかね」

律儀にも、オスカーさんの要望に応えてくれたらしい。

「かしこまりました。ではご説明いたしましょう」

そうしてオスカーさんは、そらで本日のメニュー説明をおこなう。

今日のメニューは店に来てから初めて見たはずだが、いつのまにか暗記したらしい。それ自体はさすがの能力なのだが、その口調に抑揚はない。

しかも思い出しながら話しているためか、眉間にしわが寄っている。そのうえ、どんどん深まっていく！

それに比例するように、ギルド長さんの顔が青ざめていった。

私はつい手を止めて、はらはらしながら見守る。ギルド長さんには少し悪いが、口を挟まないように我慢していたら……

「アメリア。鮭と鯖《さば》だ」

「鮭、鯖《さば》、一丁ずつ！　かしこまりですよ！」

とりあえず、無事に注文を取ってもらうことができた。

私は安堵の息をつき、さっそく準備を始める。

出汁《だし》茶漬けは簡単で美味しく、そのうえ安価なメニューだ。

まず用意するのは、おにぎり。ほぐした魚の身をたっぷりまぜ込んだごはんを、濡らした手でふんわり握る。このとき、力を加えすぎないことが大切だ。米粒が潰れてしまったら、食感が損なわれる。

そうして握ったおにぎりをお椀に入れ、その上に、葉物野菜と、魚の切り身をそれぞれ一つずつ。

コツは、切り身に火を通しすぎないこと。

この段階では、表面が炙《あぶ》られている程度でいい。

なぜならば熱々のお出汁《だし》をかけることで魚に火が入るからだ。

こうすることで、魚の脂《あぶら》を外へ逃さず、汁へ溶かし出すこともできる。

「うぅん、いい香りですわ！　鰹《かつお》と昆布って夫婦じゃないかしらってくらいの相性ね」

一杯食べるだけで、十分な満足感を得られるのが、この出汁《だし》茶漬けの特徴だ。

相棒・モモの特殊技【調味料生成】様々の料理である。

お犬様そのものの見た目をしているが、日本なる別の世界を経験したことがある召喚精霊獣の彼は、その異世界で使われていた豊富すぎる調味料を自在に生成できるのだ。

今回のお茶漬けは、『顆粒出汁《かりゅうだし》』なる調味料をもとにしている。

初めて見たときは驚いたが、これは水やお湯に溶かすだけで旨味の溶け出した出汁《だし》を再現できるすぐれものなのだ。

粒が溶けると、豊かな香りが湯気とともにお椀から立ち上ってくる。

最後にネギを散らせば、出来上がりだ。

味噌でくたくたに煮たお野菜を副菜として添えて、カウンターから提供する。

「どうぞ！　お出汁《だし》は足りなくなったら追加しますわよ」

お客様二人はお盆ごと自分の前へと持ってきて、しばしぼうっと湯気が揺らぐのを見ていた。

やがて手を合わせた彼らは、まるでお椀に吸い寄せられるかのように動く。

スプーンを手に取ると、まずはゆっくり一口含む。

あつっ、と二人とも一度スプーンを戻したのを見て、私ははっとした。

「息を吹きかけて、ふーって冷ますんですよ」

実際に実践してみせながら、助言を入れる。

そういえば、熱いものに息を吹きかけて冷ますという文化は、そもそもこの国にはないのだった。

私も昔、モモから教わった。ローズベリー家では当たり前になっていたし、最近では開店当初から通ってくれている常連さんにも浸透してきていたから失念していた。

この国の料理は、最初からほどよい温度で提供されるのが当たり前なのである。だが、お出汁《だし》の香りを最大限に楽しんでもらうためには、断然あつあつがいい。

二人は私を真似するようにして、掬《すく》ったお出汁《だし》と米に息を吹きかける。

そして、ゆっくりと口へ運ぶと、ほとんど時を同じくして目を瞑《つぶ》ったのち、これまた同時に喉を鳴らした。

「……染み渡るようだ、この旨味。君もそう思わないかね」

「ええ、なるほど。みんなが通いたがる理由がわかりましたよ。鼻に抜けるまでが完璧、一口だけでも格別だ……。この奥深い味、余韻まで楽しめますね。二千エリンは出せますよ」

上々の反応に、ほっとする。

そうなると、またも勝手に口が動き出す。

「まぁ！　嬉しいですわ。でも、一つ五百エリンですから、もしよろしければおかわりしてくださいな。割り引きしますから！」

厨房《ちゅうぼう》からにゅっと首を出して、にこりと笑いかける。

二人が一瞬ひっと肩をすぼめたのは、驚いたからなのか、単に私の通称・必殺笑顔が怖かったからなのか。

少し考え込みかけるが、そんな思いはすぐに吹き飛んだ。

自分の料理を幸せそうに、かつ楽しそうに食べてもらえるのなら、それに勝るものはない。

気分が、いい具合に上昇気流に乗っていこうとする。

だが次の瞬間、それは儚《はかな》くも打ち砕かれることとなった。

新たな二人組が店の扉を開けて、頭だけ入れて中を覗いたかと思うと、そのまま扉を閉めて去ってしまったのだ。

それだけなら、まだよかった。たぶん店を間違えたのだろう、と思えた。

だが、そのあとに続いた会話がいけなかった。

「なんつうか年季の入った店だったなぁ。中もごちゃごちゃしてそうだし。話題になってたから来たけど、横の新しい店にしね？　あっちは外観からして綺麗そうじゃん」

「ま、それがいいな。この店、物が多くて窮屈な感じだし」

頭上から、小麦粉袋が落ちてきて身体に降りかかった——そう錯覚しそうなくらいの衝撃だった。

実際、刻んでいたネギがぽろぽろ床に零れた。

このお店は、超年季が入った中古物件だ。強い風が吹いたら家ごと飛ばされそうなくらい、こぢんまりとした古い一軒家だし、つぎはぎで壁を補修したこともある。

が、そこまで言われるとは思っていなかった。

そんなボロ屋だから、防音性は低い。二人は大きな声で話しているわけではなかったが、店内にいたみんなに聞こえてしまったらしい。

お出汁《だし》によりほんわか温まった雰囲気が、急に白けていく。

「アメリア、たかが一人の意見だ。気にすることはない」

オスカーさんが励ましてくれ、お客様方も「そ、そうだよ」「うん、俺はこの雰囲気好きだなぁ」

などと言ってくれる。

ひびわれた空気が取り繕《つくろ》われ、表面的には店内に穏やかさが戻ってくる。

……が。

私の中で、ある思いがメラメラと燃え上がっていた。

お片付けしなきゃ、掃除しなきゃ！　と。

◇

「もぐもぐ。それで、突然お片付けなんて始めたんだね？　もぐもぐ。アメってば、なんというか……」

「そこで口籠《くちごも》らないでよ、モモ。どうせ単純って言いたいんでしょ、そうよ、私は単純よ」

「もぐもぐ」

「……というか、モモ。お夜食にオレンジクッキーもあげたんだから、ちゃんと手伝ってよね！

それは前払いの報酬よ。食べてばっかりいないで！」

精霊獣であり、自称『超神聖な生き物』であるモモは、その小さな口いっぱいにクッキーを頬張っていた。

そのうえ、呑気にふよふよと店内を漂う。

その光景を見ていると、せっかく一念発起して掃除を始めたというのに、もう心が折れそうだった。

……というか、クッキーのクズがぽろぽろ落ちてるしっ！

「こら、モモ!! お掃除したばっかりなんだからぁ！」

「わ、ごめんごめん。おふざけがすぎたよ。だから、せめてこの分は食べさせてよー」

モモは前後の足を空中で掻き、しっぽを揺らして私の手から逃げ回る。

ああ、そんなに激しく動いたら、またしてもクズがぽろぽろと！

上部に窪《くぼ》みを作り、そこにオレンジのコンポートを盛り上がるまでのせた、夏らしい爽やかなクッキーだ。

酸味が、砂糖の甘さとともに絶妙な後味を生み出し、しつこさを残さない。

コンポートが染みて、ふにゃりと緩んだ生地に歯が沈み込んでいく食感も、個人的には好みだ。

食欲が減りがちな暑い季節でも、ついつい何枚も食べられてしまう自信作。

そのクッキーにモモが虜《とりこ》になってくれているのは嬉しい限りだが、掃除においては最悪だ。水拭きしたそばから汚されては世話がない。

——店を覗いたお客さんから例の発言を聞かされた、その夜である。

オスカーさんたちが帰ったあと、私はさっそく家の大掃除に取りかかっていた。

こういうのは、やろうと思ったときにやらないと、ついつい後回しにしてしまう。

つまり、今しかない。

手を緩めて休憩したくなるたびに、「横の新しい店にしね？」という男性の言葉を思い返し、原動力にする。

純粋に食事の内容で選ばれなかったのなら、仕方ないと思える。

だがそうじゃないのだから、この心の炎は消せない。

……やり遂げるわよ、お片付けもお掃除も！　絶対『ごはんどころ・ベリーハウス』に来たいって言ってもらわなくちゃね！

私は、雑多な食材や調理器具たちを次々に整理していく。

なんとか一階の目処《めど》が立ったところで、モモに雑巾掛けを任せて、二階へと上がった。どうせなら、見えていない部分も丸ごとやるつもりだ。

この家の一階部分を店舗として、二階部分を住居として使っている。

最初はきっちり分けていたが、どうしても食材の置き場がなかったりして、最近は二階部分まで店舗の在庫が侵食していた。

モップとゴミ捨て用のずだ袋を片手に、倉庫がわりに使っていた物置部屋へと足を踏み入れる。

ここには長期保存可能な食材たちが、たくさん眠っている。

パスタや常温保存できる乾燥チーズ、調理用の白ワインなどなど。

あさりと和《あ》えて素直にパスタにしてもいいし、平打ちパスタとチーズ、トマトソースを合わせてラザニアもいいわね！　と、見ているだけで、勝手にお料理欲がむくむく膨れ上がるが、なんとかそれを抑え込む。

無心で整理に取り組んでいると、部屋の最奥にたどり着いた。そこからは、少し年季の入った椅子や小机などが出てくる。

「そういえば、ここを買ったときにもらったんだっけ」

私がこの家を店にすると決めたとき、紹介してくれた周旋屋《しゅうせんや》からはもう何年も人は住んでいないと聞かされた。

しかし家具などはそのまま残されており、「必要なければ処分する」と言うから、そこでうっかり貧乏性が発動。

もったいない！　と思った私は、いつか使うかもと思い、一部を引き継いでいたのだ。

それらの家具類を改めて吟味する。捨てるか捨てまいか迷った挙句、結局やっぱり取っておこうとそのままにしかけたとき、それが目に入った。

「……なにかしら、これ」

見慣れない桐の木箱だった。

組紐で縛られていて、ただものではない気配がある。

包丁でも入っていそうな見た目だが、振ってみると、もっと軽いもののようだ。

「アメ、一階の雑巾掛け、終わったよー。って、もしかしてサボってる？　ボクにあれだけ口酸っぱく言ってたのに？」

ちょうどモモがやってきて、私の左肩に乗り、ふわふわのしっぽを、ゆるりと首に巻きつけてきた。まるでマフラーみたいで、冷える夜が急に暖かくなる。

「違うわよ、お子様なモモとは違うもの。覚えがないものが出てきたから驚いていただけよ。どこかに紛れていたのかしら」

顎《あご》の下に手を埋めるようにして、彼を撫でながらも、目線は木箱に向けたまま。

空いた右手で、リボン結びの紐をひっぱり封を解いてみた。上蓋を取り外す。

「……ノート、かしら」

「だねぇ。随分と古いみたいだけど。ほら、なんか埃っぽいし。変な呪いの本だったりするかもよ。ボクは開かないほうがいいと思うなぁ――って、もう開いてるし！」

そうは言われても、ここまでやって見ないわけにはいかない。

必要かどうかを判断するのは掃除の一環だし、見つけてしまった以上はなにかわからないと、気になって夜も眠れなくなっちゃうしね。

私は経年劣化で傷《いた》んだのだろう黄色く変色した紙を、慎重にめくる。

「……モモ。これ、全部手書きのレシピみたいね」

そう言うと、私はそれを閉じた。

明らかに人様の書いたレシピだ。たぶん家具の一部を譲り受けたときに、紛れていたのだろう。

いくら自分の家で見つけたものとはいえ、果たして勝手に見るのはいかがなものか。誰かがこれを探していたりする可能性もある。

……と思いはするのだけれど、その内容は興味深いもので、どうしても気になってしまう。

ついもう数ページとめくってみれば、ちょっとしたアレンジレシピはもちろん、まるで知らない料理もいくつか書かれていた。

豆を固める珍妙な料理や、その豆を育てて作るらしい野菜などなど。

料理人の性《さが》かもしれない。よく知らない料理とその製法に私はだんだん魅入られていく。

「ねぇアメ、お掃除はいいのー？」

「んー、ちゃんとするわよ。もうちょっと待ってね」

「ねぇアメったら。本当になにかに取り憑《つ》かれたみたいに見えるよ」

「んー」

「アメってばー。…………で、そんなに美味しそうなの？」

「気になるなら一緒に見ればいいじゃない」

「い、一応遠慮しとくよ……。ほら、ボクって仮にも精霊獣だからさ。呪いとかそういうのと触れ

合うのはちょっとねぇ」

うん、完全に怯えてるわね、これ。

でもまぁこれ以上見続けるのも、いかがなものかと思っていたところだ。私はそこでどうにか自制心をきかせて、ページをめくる指を止める。

あとのことは一度しかるべき人に確認をしてからにしよう。そう決めて、掃除へと戻ったのだけど……

その後、何回も物置部屋を振り返り、モモにジト目で見られたのはご愛敬《あいきょう》である。

◇

「アメリア。例のノートだが、警備隊らに確認させたところ、捜索物リストには入っていなかった。それと商業ギルドにも確認を取ったが、書き記されたどのレシピも特許登録などはされていなかったよ」

物置部屋から出てきたノートについて私が確認の依頼をしたのは、オスカーさんであった。

「それからノートの所有権に関しても、この家を買った時点でアメリアに移っている」

相談した翌日の夜。もはや恒例となっていた食事会後のことであった。

この短い時間で確認を終えたうえに、知りたいことだけを端的に教えてくれるのだから、さすがは辺境伯様だ。当たり前だけれど、仕事ができる。

確認をお願いしたのは、あのレシピノートの所有権と、そこに載っているレシピの特許登録についてだ。

人によってはレシピをギルドに特許登録している。

その場合、勝手に利用すると、ギルドの規約に違反したことになり罰金を科せられるらしい。

ちなみに私の料理は、そもそもモモに教わった料理がほとんどということもあり、今のところ特許などは取っていない。

「要するにこのレシピは、私が見たり使ったりしても問題ないってことですよね」

「ああ、そういうことになるな。商業利用なども問題はない」

オスカーさんはそう言いつつ鞄《かばん》からレシピノートが入った木箱を取り出し、返してくれる。

「アメリア、なんだか楽しそうだな。唇が上向いている」

「あら、いつのまに……」

反射的に口元を覆う。無理やり押さえつけるが、また自然と上がっていく。もとから取り繕《つくろ》うのは下手なのだ。高揚感を隠しきれない。

「新しい料理とか変わった料理とかって、昔から大好きなんです。だから、わくわくしちゃって……」

まがりなりにも十年近く料理に携《たずさ》わってきた身だ。

最近では見知らぬ料理に出会う回数も減ってきているし、自分が作るとなればさらに限られる。

「私、このレシピの再現を目標の一つにしますわ！」

だからこれは貴重な機会だ。完全再現したうえで、できればアレンジなんかもしたい。

そうしてこの料理がいつかこの国の定番料理になれば、これを書いた人も浮かばれるだろう。私はそう考え、いそいそと木箱の封を解き、レシピを手に取った。さっそく全体に目を通していく。

最終ページまでたどり着いたところで……あらら。

そのページのレシピだけ、破れてしまっていたり、にじんでいたりでよく見えない。

お米やトマトペーストなど、材料の一部だけが辛《かろ》うじて読み取れたが、肝心の調理方法は謎のままである。

き、気になるっ!!

「今度は難しい顔……またなにか問題でもあったか？」

声をかけられたので、私はオスカーさんにもそのページを見てもらう。

「このページが読み取れなくて……オスカーさん、なんて書いてあるかわかりますか？」

オスカーさんはしばらくじっとレシピを見つめていたけれど、結局わからずじまいだったようで、ノートを私に返しながら、力なく首を横に振る。

「すまない、俺が不甲斐ないばかりに。アメリアがどうしても、と言うならば、一度、書類を復元する専門家に俺から依頼をかけよう。国中を探せば、きっと解読できる者が見つかるだろう。たとえば歴史的遺構の復元をおこなっている機関などに依頼をすれば――」

「えっ、いやいや、そんなご迷惑かけられませんわよ！」

まったく、いつもながら大げさだ。一をお願いすると、十以上になって返事が来る。

今回の権利関係の確認で、ただでさえ手間をかけた。そのうえ国中を探すなんて、個人的な頼み事の範疇《はんちゅう》を大幅に超えてしまっている。

気持ちは嬉しいのだけど、この優しさに甘えて頼りきりになってしまうのは、絶対に避けたい。

辺境伯様相手におこがましいかもしれないけれど、せめてこの店にいるときくらいは、同じ目線でお話ができる関係でありたかった。

けれど、されども。

私がまだ未練がましくレシピに目を落としていると、彼は痛恨といった様子で少し俯《うつむ》く。

「材料は全て把握できたが……すまない。作り方まではどうしても読み取ることができなかった」

オスカーさんったら、そこまで思い詰めなくても。

そう声をかけようとして、はたと気づいた。もしかして今とても重要なことを言わなかっただろうか。

「ま、待ってください！　材料は読めたんですか⁉」

私はノートを閉じ、隣のオスカーさんのほうへぐりんと顔を振り向ける。つい勢い余って腰を浮かせ、にじりよってしまった。

オスカーさんと目が合ったのは、ほんの一瞬。次の瞬間、彼はあらぬ方向に首を捻り、部屋の隅を見つめたまま言う。

「あ、ああ、まぁな。滲《にじ》んでいたが、もとの筆跡を裏から見ると、ある程度読み取ることができる」

「さすがですわ、オスカーさん！　やっぱり持つべきは、お友達ですわね！」

「……お友達か」

「はいっ、無二のお友達です！　それで、なにが書いてあるんです？」

早く知りたい！　その一心から私は、ペンと紙を渡して書き出してもらう。

材料は、トマトペースト、お米、チーズ、豚肉など。同じレシピノートに書かれていた、よく知らない料理名『寄せ豆』などの記載もある。

まだ色々な可能性が残っているけれど、それでもぐっと範囲を絞ることができた。

「うーん、なにかしら。お米がメインだし、リゾット？　でも、それじゃあ安直すぎるような気もするし……。これまでのページに載ってる料理を材料に使ってることから見ると、ノートのレシピを全部作れるようになれば再現できるのかしら。って、あぁすいません、オスカーさん！　私ったら、また！」

新しい紙を引っ張り出し、ペンを片手に図まで描いたりして一人でどんどん考察を進めたのち、やっと失態に気づいた。

何度同じことをやるのだろう、私は。こんな夜中に引き留めておいて、一人で考え込むなんて。

もうしないように、とそのときは思うのだけど、料理を前にするとついその自戒を忘れてしまう。

しかし、懐《ふところ》の深いオスカーさんは、そんな私をも咎《とが》めない。

「ふっ、アメリアはそれくらいがちょうどいいな。その調子なら、いつかは絶対に再現できるさ。俺もできることはする」

救いの微笑みを向けてくれたうえ、応援もしてくれる。私はぽわんと温かい気持ちになるとともに、気合が入った。

「ですわね！　そのためにもまずは、このノートのレシピ再現から進めますわ！」

私は、こう宣言しながら、つい立ち上がるのだが……

「アメ、大きな声出さないでよ～」

そこへ背後から不満げな声が上がった。

不機嫌そうに控え室から漂い現れたのは、精霊獣のモモだ。

どうやら眠りを妨げてしまったらしい。かけてあげた毛布を背中に乗っけたまま、前足で半分だけ開いた目を擦《こす》っている。

彼は徐々に高度を下げて、慌てて座った私の膝上に乗る。

そこで丸くなって、しっぽを一振り。再び、すやすやと眠り始めた。

だ、だめだ、不満そうでも寝ぼけていても可愛いなんて！

私が膝上の温もりにほっこりしていると、オスカーさんの手がモモの頭へ伸びてきた。

しかし毛先に届くか届かないか程度、指先でほんのりとだけ触れて、それでおしまいだった。

「オスカーさんってば。モモに会うのももう結構な回数になるのに、まだ慣れないのですね？」

「……悪い、どうもな。猫や犬には昔から好かれなかったのだ」

「あら。動物にも怖がられていたんですの？」

「いや、そうではない。なぜか嫌われて、幾度も引っかかれ、噛みつかれた。それで身構えるようになったら、今度は怯えられるようになった。何度、ホセに助けてもらったことか。あいつは、どんな動物にも好かれるからな。魔物は苦手だが」

予想外のような、そうでもないような。

なるほど、そんな経緯があれば表情も手もこわばるわけだ。

「モモは精霊獣ですから、噛みませんわよ。喋《しゃべ》ること、調味料を出せること、浮くこと以外ほぼ、わんこですけど、ちゃんと精霊獣ですわ」

「ああ、重々承知しているさ。実際に召喚するところも、この目で見せてもらった。むろんはじめは驚いたさ。貴族だろうと、召喚できる者はほとんどいないのだからな。それを平民だと思っていたアメリアがとは、よもやだった」

「うぅ……、その節はご迷惑をおかけしました」

「なに、まったく気にしていない。事情も聞かせてもらったからな」

やっぱり、この人の笑顔は私を救ってくれる。

心が軽くなるとともに思い返されるのは、ひと月ほど前のこと。

食の都・フィランでのお料理大会で、私が男爵家の出身であるという秘密が貴族時代の友人・シーシャにより公《おおやけ》にされたときのことだ。

そのあと私は、オスカーさん、オスカーさんの執事であるホセさん、常連客のフィオナさん、サンタナさんの四人に対して必死で弁明をした。

騙《だま》すつもりはなかったこと、隠すべき理由があったことなどを、半ば混乱状態で訴える。説明になっていなかったかもしれないが、彼らは私の事情を汲《く》んでくれた。

そのうえ、ほかの方々には言いふらさないでくれている。私も彼らには、できるだけ隠し事はしないよう決めた。

そのためモモの存在についても、彼らに明かしてある。私の料理が彼の作る調味料に支えられていることもそのときに伝えた。

みんなが一様に驚くなか、「……変わった料理ばかり作るなと思っていたんだ」とオスカーさんはむしろ納得していた。ホセさんも以前からモモが精霊獣っぽいと言っていたので「予想的中！」なんて喜んでいたっけ。

そこまで思い起こしたところで、オスカーさんが咳払いをした。

「それより気になるのは、近くにできた店のほうだ。なにか変なことはされていないか？」

またモモの毛先にだけそっと触れて、彼は問うてくる。

「はい、別になにも。ただちょっとばかり、いえ、かなーりライバル視されてるだけですわ」

「ならいいのだが。調味料を生成できることが知られれば、料理大会のときのように、また変な輩《やから》に目をつけられかねないから用心してくれ。必要ならば、この店に警備隊を配置しても……」

「なっ、いりませんわよ！」

やはりとんだ心配性だ、オスカーさんは。

それに考えてみてほしい。警備が厳重な古ぼけた料理屋に、誰が入りたいと思うだろうか。たとえ、おなかがすいていても、逃げ出してしまう。

ここはなんとしても、退《しりぞ》けなければ！

「これでも魔法は一通り使えますし、大丈夫ですわ。ちょっとの危険くらい払ってみせますもの」

私は、右の人差し指に水の魔力を纏《まと》わせて、主張する。

と、その指が不意に柔らかく握られた。

「でも、誰かにこんなふうに捕まるかもしれないだろう」

オスカーさんは少し身を屈《かが》めると、その揺らがぬ藍色の瞳を寄せて私を上目遣いで見てくる。

彼は真剣そのものだ。

一方の私はといえば……どうしたことだろう、この一瞬で、まるで金縛りにあったように動けなくなっていた。

オスカーさんから逃れて、私が自衛できることを証明しなければ。

そう思うのに、自分が自分じゃないみたいに、心と身体が乖離《かいり》している。

なんとか唾を呑み込み、声だけで訴えてみた。

「べ、別に大丈夫ですわよ！　今はオスカーさん相手ですし……」

「俺相手なら、か。でも、もし俺が悪い人間だったら？　ここでアメリアになにかすることもあるかもしれない」

「オスカーさんが悪人じゃないことは、私が誰よりもわかってるつもりですわ！」

うぅ、いつまで指を握っているの！

頭に血が上ってくるが、彼は一向に離してくれない。

改めて考えると、どんどん深まる夜に、世間から切り離されたこの空間で美丈夫《びじょうふ》と二人きり。止めるものは誰もいない。

ふとこのままどうにかなった未来が頭をよぎって、私はなお硬直してしまう。

「旦那、迎えに来ましたよー……って、ありゃ。なんか来るタイミング、まずったみたい？」

それを打ち破ったのは、オスカーさんの執事・ホセさんの呆けた声だった。

やっと指が解放される。

ほっとしたような、そうなったらなったで物足りないような。

私はつい左手で自分の人差し指を握り込んだ。熱い顔を隠すために俯《うつむ》き、恥ずかしさを堪える。

「別にいい。毎度すまないな、ホセ」

「いえいえ、迎えくらいたやすいことでさぁ。それに、ここに来れば会いたい子に会えるしね」

靴を鳴らしホセさんが迷わずやってきたのは、私の前だ。

片膝をついてかしずくような姿勢になるが、なにも忠誠を誓われているわけではないし、愛の言葉が私に投げかけられるわけでもない。

「可愛いなぁモモちゃん。やっぱりふわふわだし癒《いや》される～……！」

彼は、モモの虜《とりこ》なのだ。

わふわふと頭を撫で、お腹の毛をそれはそれは愛おしそうにさする。

「ホセさんが来るから、召喚したままにしてたんですわよ？　結局寝ちゃいましたけど」

「これはこれで貴重だよ。ありがとうな、あんた。それにモモちゃんもありがとう、もはや生まれてきてくれてありがとう。あぁ癒《いや》される～。ねぇ今度、屋敷にも連れてきてよ」

一気にその場の空気が変わったのは、言うまでもない。

◇

古いレシピの再現に本腰を入れると決め、まず着手したのは、そこに書かれているもののうち、比較的馴染みのある料理だ。ただし少し材料が変わっていて、とある野菜をメインに使うらしい。

そこで、それを入手するためにやってきたのは……テームズ家のお庭。

その一角を間借りして作った、『アメリアの畑』と名のついた場所だ。

オスカーさんと出会ってすぐの頃、貴族のお客様に接待料理を振る舞った礼として受け取った。以来、定期的にこうして訪れて、お世話をさせてもらっている。

今回は、お目当ての食材がちょうど収穫時期を迎えようとしていたため、足を運んできた。

「ああ、モモちゃん。本当にふかふかだなぁ」

「ふふん、ボクは精霊獣だからねぇ」

「うんうん、わかるよ。あぁ本当に可愛いなぁ」

ついでではあるが、モモの来訪を熱望していたホセさんの期待にも応えた形だ。

……とにかく、ホセさんはモモにたらし込まれてるのよねぇ。

この前の夜に見たものとほとんど同じ光景が、私の前で広がっている。

場所と時間だけは夜の店内から昼の外へと移っているが、あとはほとんど変わらない。

ホセさんは、しっかりとした執事らしい一面もあるが、基本的に小動物っぽさがある。笑うたびに歯を覗かせるあたりなんて、なんだか子犬っぽい。つまり、実質わんこ同士！　可愛さ倍増で日が暮れるまで眺めていられそうな組み合わせだ。

「どうだ、そっちは順調に進んでいるか？」

ついつい手を止めていると、オスカーさんに声をかけられた。

今日の彼は、上級貴族らしい服でもお店にいるときのようなエプロン姿でもない。

シンプルなシャツに、ゆとりのある綿のズボンを穿《は》き、腰元に巻いたベルトにはスコップやハサミ、小さなじょうろなどを提げている。

いわゆる作業着スタイルだ。ちなみに、私も似たような恰好をしている。

が、やはり辺境伯様は潜在的な魅力が段違いだ。これだけ庶民的な服を着ていても、その上品なオーラは消えていない。

私は日差しよけの帽子を少し上にずらしてから、採取用の籠《かご》を傾けて彼に中を見せる。

「ええ、まぁ。とりあえずトマトはこれで最後ですわね」

そして私は人差し指を立てて、目を瞑《つぶ》った。

「我が手に清らかな恵みを。水よ、来たれ！」

波動のようなものを指の先まで伝わらせることで、魔法を発動した。

細い糸のような水流を空中で伸ばし、トマトのヘタの上でくるりと輪を作る。

そのまま糸を絞れば、一切触れることなく下に構えていた籠《かご》に実が落ちてきた。

「便利なものだな。さまざまな魔法が使えるというのも」

「ええ、生活するには重宝しますわね。ほら、このままお野菜を洗うことだってできますもの」

つまり、そのまま食べることもできてしまう！

多少お行儀は悪いけれど、私は移動しながら、採《と》れたてのトマトをひとかじり。その実を弾けさせる。

夏の日差しを燦々《さんさん》と浴びて真っ赤に色づいた果実は、酸味と甘味のバランスが程よい。まだ残暑が厳しく動けば汗ばむ季節だけに、その果汁が身に染み渡る。

「うーん、美味しいっ！　オスカーさんもお一ついかがです？」

私は空いたもう片方の手で、トマトを取り出し彼に差し出す。

「うむ、勧められたのならばもらおう」

この小さな不作法に、彼も乗ってくれた。お堅そうに見えて、案外遊び心もある人なのだ、彼は。

そうして二人、しゃくしゃくとかじりながらやってきたのは秋野菜畑の前だ。

ここに、今回のお目当てである野菜があった。

私はじゃがいもやにんじんたちの苗をすり抜けて、目的地へと向かい、そこで驚かされる。

顔と同じ、いやそれ以上に大きい実がなっているのだ。

「こんなに立派になるなんて！」

私はしゃがみ込むと足を踏ん張り、その実――かぼちゃを両手で抱え上げる。まるで子どもを抱え上げたような重みだ。

嬉しくなって、オスカーさんを振り返るのだけれど――あらら、彼がいない。

彼は彼で、少し手前の花壇でしゃがみ込んでいた。

まるで貴重品を扱うように触れているのは、中心が黄色い、白の花だ。

「じゃがいもの花も綺麗に咲いているな。うむ、やはり美しいじゃないか」

そういえば、見るのをかなり楽しみにしてくれていたのだっけ。

この数ヶ月で愛着が湧いたのかもしれない。

嬉しいことに、お料理大会の前日に私が渡したじゃがいもの花の髪留めは、季節が変わってなお彼の海色の髪にアクセントを添えている。

「えっと、あとで剪定《せんてい》したいのですけど」

そんな彼に告げるには少々残酷な話だったかもしれないけれど、よい収穫のためには仕方がない。

秋採れのじゃがいもは特に、これからが大切なのだ。

「刈り取るのか……？　どういう理由なんだ」

「お花に栄養を持っていかれないためですよ。ちょっとの手間ですけど、甘さに関わるんです」

「なるほど、理由はわかった。しかし、そうか……」

オスカーさんは両眉を下げて、別れを惜しむように花びらを撫でる。

結構悲しんでる!?　と、私がかぼちゃを抱えながら驚いているうちに、切り替えが完了したらしい。

「悪かった。手伝おう、アメリア。腰を痛めてしまったら大変だ」

彼は、私の作業を手伝いに来てくれる。

かぼちゃの収穫には、なかなか手間取った。水属性魔法では切れず、ハサミがあっても、その太い茎は簡単にはいかない。そんなふうに悪戦苦闘する最中も、オスカーさんはちらちらとじゃがいもの花のほうを窺《うかが》っている。

「えっと、どうしても咲いている芋の花が見たいなら、秋植えという手もありますよ」

余計かもしれないが、つい口にしてしまった。

「それは興味深いな。聞かせてもらえるか」

うん、食いつきが早い！　やっぱり未練たっぷりだったのだ。

「品種が違うんですよ。少しばかり寒さに強くて、冬前には収穫できるんです。もしよかったら、夏のお野菜を刈り終わったあとにやりますか？」

同じ作物の連作は基本的にあまり好ましくない。そのため土の大幅な入れ替えが必要かもしれないけれど、時期的にやれないことはない。

しかし、この提案に彼は首を横に振った。

「その必要はない、場所なら用意してあるからな。ほら、あの奥だ」

奥？　そうはいっても、『アメリアの畑』はたしか夏採れと秋採れの二区画だったはず……。それでも十分な広さだと思っていたのだが。

「な、なんか、広がってるっ⁉」

「秋に植える野菜もあるだろう。今のままでは場所が足りないと思ってな。庭師に頼んで、拡張したんだ」

よもやの三区画めが木製の柵の向こうに、出来上がっていた。

まだ畝《うね》があるだけの畑を前に立ち尽くしていると、オスカーさんが声を小さくする。

「もしかすると、余計だったか？　管理ならば心配ない。こちらでやるさ」

「いえ、そうじゃないですけど、むしろ嬉しいですけど……。こんなに土地をもらっちゃってもいいんですか。なんだか私がオスカーさんの屋敷を侵略してるみたい……」

「構わないさ。いつか庭が全て埋まることだって覚悟の上だ」

……！

一瞬、畑に囲まれた辺境伯邸の光景が頭をかすめる。

いつでもどこでも食材に囲まれているなんて夢みたいな屋敷だと思って口元が緩むけれど、国のお偉いさんがどんな顔をするかと考えたら、背筋に寒気が走った。

「それはよくないですって！　極端すぎますわよっ！」

「言いすぎたようだな。半分ならばいいか？」

「まぁそれなら……って半分も十分多いです！」

危ない、危ない。

最初の提案があまりにも異次元だったので、すんなり受け入れてしまうところだった。

既に広大すぎると思っていた畑がさらに広がっていようとは、まさか思いもしなかったが、予定どおりかぼちゃの収穫ができた。

となれば、もっとも美味しい採《と》れたてのうちに使わなければならない。

翌日、『ごはんどころ・ベリーハウス』の入り口前に掲げられていたのは、『かぼちゃの日』という文言だ。

「アメリアさん、今日はまた特別な日なんですか？」

その日、一番に入ってきたのは、お客様であり、お友達でもあるフィオナさんだ。彼女はさっそくその意味を尋ねてくれる。

過去にも、大きなオス鮭をまるごと一匹仕入れた日、『鮭の日』企画を実施したことがあった。

それを彼女は覚えてくれていたらしい。

「ええ。昨日、テームズ邸にお邪魔して、たくさんお野菜をいただいてきましたから！　しかも、今日は輪をかけて特別ですよ。なんたって、新しい料理に挑戦したんです。昨日の夜に初めて試したんですけど、これがとても美味で――」

って、そうじゃない。私は自分の手で、口を塞ぐ。

言葉でいくら語り尽くしても、大事なのは味なのだ。言葉ではなく、提供したお皿で語って気づいてもらわなければ。

私は背中側、少し緩んでいたエプロンの紐を結び直す。そして水色格子柄のバンダナを頭に締めて、厨房《ちゅうぼう》へと入った。

今日は公務の関係で、オスカーさんは不在だ。そのぶん仕込みはそうそうに済ませていたので、私はさっそく揚げ油を温め始めた。

早いもので、このお店を開いてから、もう半年が経とうとしている。

お客様にごはんを作ることには慣れてきたけれど、新しい挑戦をするときには、どきどきと緊張と希望とが入り混じり、胸が早鐘を打つ。

これから私が振る舞うのは、あの古いレシピノートに載っていた料理で、いわゆるライスボールである。

ライスボールはこの国でも親しみのある料理なので、私も手を出しやすかったし、きっとお客様にとっても受け入れやすい一品のはずだ。

私は冷却箱に寝かせていたタネを取り出す。

鮮やかなオレンジ色をしたそれは、昨日収穫してきた大玉かぼちゃを潰したものだ。

ちなみに既に、砂糖と牛乳、生クリームで味は調《ととの》えてある。

このタネを湯に溶かしてスープにすることもできるが……

今日はこれを丸く握り、その外側に潰したお米とかぼちゃの皮、さらにはアーモンドナッツを刻んだものを順々に纏《まと》わせていく。

最後がパン粉ではないのが、一つの大きな特徴だ。

かぼちゃは野菜の中でも、特に甘みが強い。もちろんパンを削ったパン粉を纏《まと》わせてもいいが、この風変わりな衣だからこそ引き出せる味や、噛み応えというものがある。

焦げないようときどき転がして、慎重に揚げていく。

外側がこんがりきつね色になったら、昨日採ったトマトを煮詰めて作ったソースを添えて、完成だ。

単品だと皿が味気ないので、お米やサラダ（かぼちゃチップス添え！）と一緒に盛り付けて、ワンプレートにして提供する。

さらには、大鍋で作ったかぼちゃの白味噌スープを添えれば、かぼちゃのいろんな顔を表現した『かぼちゃの日』にふさわしいランチセットの出来上がりだ。

「さ、おあがりくださいませ！　かぼちゃのライスボールセットでございます」

既にほかのお客様も入ってきているが、今は新メニューの反応に集中したい。

カウンターの上にお皿を置き、私はフィオナさんの一挙手一投足を固唾を呑んで見守る。

彼女はまず本を閉じて、鞄《かばん》へとしまった。

それからお皿を回し、かぼちゃボールをあらゆる角度から不思議そうに観察した。表面が濃い緑で、見慣れないからだろう。

彼女はその側面をフォークで崩す。

と、中からまるで半熟卵の黄身のごとくとろりとあふれ出たのは、鮮やかなオレンジ色をしたかぼちゃクリームだ。そこから上がる白い湯気は、カウンター越しにでも、その甘美さを伝えてくる。

たっぷり掬《すく》ったその橙色《だいだいいろ》にライスボールをしっかりと浸し、彼女はふうと冷ましてからフォークを口に入れる。

「……美味しい。不思議、甘いのにおかずです、これ！　しかも、この外側のざくざく食感、ほかで食べたことがないかも……」

抱いていた不安が、ごっそりと私から消えていく。

「よかった～、よかったですわ、ほんと！」

もっとほかに言うべきことがあるのはわかっていたが、これしか出てこなかった。

とりあえず、例のレシピの再現第一弾は無事成功である。もっと変わった料理もたくさん載っていたから、ここで転《こ》けたらまずいと思っていたのだ。

「アメリアさん、あたし、これなら何個でも食べられるかも！　ライスのボールかぼちゃ揚げ！これをおかずにしてお米も食べられそうです」

「あら、あんまり食べると重たいですわよ。それに、また語順がめちゃくちゃですって！　かぼちゃのライスボールですよ」

「だ、だってあんまり美味しいから……！」

フィオナさんは、よほど気に入ってくれたらしい。

いいところの商家の娘さんで、基本的には落ち着いた物腰の彼女だが、今日新たな扉が開かれたらしい。

目を輝かせ、その小さな口をめいっぱい開けて、かぼちゃのライスボールを口にしている。

「これを食べていたら、頭の回転がよくなって小説が書けるようになるかも……！」

なんて発言まで飛び出したのは、料理人冥利《みょうり》に尽きる。

最近、フィオナさんは本を読むだけに留まらず、自分でも書こう、と筆を握ることもあるらしい。

応援したいけれど、なかなか手伝えることがないと手をこまねいていたが、まさかの形でお役に立てたようだ。

彼女があんまり美味しそうに食べるので、彼女につられたほかの方からも次々と注文が入る。

最高の滑り出しとなり、昼営業はかなりの繁盛ぶりだった。

昼営業の終わり間際に、また一人見知った顔がやってきてくれる。

「俺にも、同じものくださいっす！　今日、店に来てよかった～。領主様もいないみたいだし」

極度の小心者ながら料理屋研究にはひたすら熱い青年・サンタナさんだ。

ベリーハウス第一号のお客様で、初めてオスカーさんにお悩み相談をしてくれた方でもある。

しかも、私をベルク王国お料理大会に推薦してくれたのも彼だから、かなりお世話になっている。

今のベリーハウスを作ってくれた一人と言ってもいい。

「ふふ、起き立てですか？　髪がはねてますわよ」

仲もいいから、これくらいは笑って話せる。

ベレー帽を外したサンタナさんの髪には立派な寝ぐせがついていたのだ。

「油断してました……。朝からずっとこのままでした。直しますっす！」

慌てて身なりを整え始める彼を横目に、私はすぐに料理を用意し提供する。

「うーん！　やっぱり美味しい！　やっぱり『ベリーハウス』にはどこも敵わないっすね」

上々の評価を得られたようだ。

たぶん、このあとノートに情報として書き残すつもりなのだろう。よくよく味を確かめるようにゆっくりと食べ進める。

「いやぁ、アメリアさんを拝めたうえに料理も美味しいなんて。通い詰める人が多いわけだ。二軒目でもこの美味さ！」

……天敵・オスカーさんがいないせいか、その舌の滑りは絶好調だ。

「あら、本日は二軒目でしたの？」

「そうなんですよ。実はさっき、この店のそばにできた新しいお店に行ってきたんす。メニューは高級出汁《だし》茶漬けとかなんとか」

もたらされた情報に、私は思わず目をぱちくりさせる。

茶漬けなんて料理は、もともとこの国にはない。モモを介して、私が持ち込んだメニューのはずだ。

まさか隣のお店の方もモモのような存在を召還できるのかも――ってそれは考えにくいか。

ただでさえ貴族の一部しか精霊獣を呼べないうえ、モモはその中でも超変わり種だ。世界にまたとなない存在だろう。

私の店で出したメニューを参考に作った、と考えるほうが現実的かもしれない。

私が一人考え込んでいると、サンタナさんはそれを曲解したらしい。

「いやいや、浮気したわけじゃないっすよ？　ほら俺、料理屋研究家だし、新しいお店ができた以上は行っておかないといけないっていうか。でもやっぱりアメリアさんのごはんが一番美味しいし、可愛いし――」

サンタナさんの失言癖がその姿を覗かせる。

ほら、もう！　私が気にしているのは、そこじゃない。いろんな料理屋に行きたい気持ちは、私だって持っているしね。

「別に気にしてませんわ。それより、お茶漬けだったんですか？」

「あ、そっちっすか。まあここで食べたものとは、味も見た目も全然違いましたけどね。向こうのはやたら豪華に牛の頬肉とか使ってましたし、そもそもクリーム系のスープに浸した感じでした」

なるほど、アイデアを盗られたという感じでもない。

「うーん、もしかしたらベリーハウスを意識してるのかもしれないっすね。横の店が出しているものとあえて似たものを出して真っ向から勝負を仕掛ける、それでうちのほうが美味しいんだぞってアピールするのはよくある話っすよ」

これは張り合われている、と考えたほうがよさそうだ。

「大丈夫だと思いますけど、万が一お店の売り上げに影響するようなら考えたほうがいいかもしれませんよ。こっちも対抗してみる、とか。もちろん、俺はベリーハウスを応援するっす」

あたしも、と本の陰から言ってくれるのは、カフェ利用のために店内に残っていたフィオナさんだ。

うん、私の秘密を知ってもこうして味方してくれる二人がとっても頼もしい。

けれど、だ。

「特に気にしませんわよ。味付けを真似されてるわけじゃなさそうですしね」

そう、お料理大会のときのように調味料を盗まれたりしないのならば、わざわざ咎《とが》めることでもない。

幸い、お客様が離れていくような事態には陥《おちい》っていないのだ。

今の私にすれば、あの古いレシピノートを再現するほうが重要事項だった。

◇

こうしてスタートをきった古いレシピの再現。私が次に取りかかったのは、読んでいてもっとも気になった料理だった。

豆を使った料理であり、少しばかり特殊な工程を必要とするようだけど……書かれていた絵を見ても完成形の想像がつかない。

モモにそれを話すと、彼は呪いを怖がりながらも半分だけ開けた片目でレシピを見る。そして、すぐにぴんときたらしい。

彼が昔暮らしていた日本という国では、当たり前にあったものらしいけれど……

「見てのお楽しみだよ、こういうのは」

なんて、はぐらかされてしまった。

ほっぺたのふわふわをぐにぐにしてやっても、彼は答えず、されるがままに伸びている。

しつこく尋ねたから、単に面倒くさがられたのかもしれない。

だが、こうなったら未知への好奇心が私の背中を強く押す。

ひとまず材料を集めるためにお店の休日にやってきたのは、ロコロの街にある漁港だった。街の外れにあり、その雰囲気は中心部とは大きく異なる。

市場の中はことさらだ。

その磯臭さと男臭さに満ちた空間は、独特だ。

「あんた、一人でこんなところに来ようとしてたのかい？　なかなかの挑戦者だねぇ」

同伴してくれたホセさんが、物珍しそうに左右を見回す。

「旦那にあんたの護衛を仰《おお》せつかってなきゃ、僕だって一人じゃ来ようとは思わないかも」

「必要ないって言ったんですけどね。別に一人でも来られますもの」

「あんたならそうかもしれないけど。旦那はあんたのこととなると、過保護になるからねぇ」

まったくそのとおりだ。

自分が公務で同伴できないとなるや、執事の彼を代わりに派遣してくれたのだから、徹底されている。そこまでしてもらわなくてもいいのだけど……

「僕が来たんだから有事のときは任せてくれていいよ」

まぁ、ホセさんなんだか嬉しそうだから、いいか。

いてくれる分には、私も楽しいしね。

彼は私の半歩前を、少し誇らしげに胸を張りつつ歩く。どうせなら、と私は彼が望んでいるだろう言葉を伝えた。

「頼りにしてますわよ、ホセさん」

「ししっ、あんたにそう言われると嬉しいな。……っと、なんだろあの人だかり。危ないことがあったらいけねぇし、ちょっと見てくるよ」

「あ、ちょっとお待ちくださいな。迷子になりますわよ」

「ならないっての。子どもじゃないんだし」

そういうところが、まさに子どもなのでは……？

名目上は私の護衛だけど、実際には私がホセさんのお守りになってないかしら、これ！

ひとまず自分の目的を置いておき、私は彼の後ろをついていく。

しっぽみたいに跳ねる彼の茶髪を追っていくと、気づけば人だかりの中にいた。

なんとか奥まで抜けてホセさんの横に陣取ると、その輪の中心にいた一人の女性が目に入った。

彼女は周りの男性と同じように腰巻と鉢巻を身につけている。

あら、珍しい。女性の販売員さんかしら。

男ばかりの世界で逞《たくま》しく働く姿に勝手に親近感を覚える。

「何度もお伝えしましたが、そちらの鯛《たい》はハネものですとはじめから申し上げてます。その条件でお買いになったはずです」

「いくらハネものだからって、これは骨だらけでほとんど食う場所もない。明らかな不良品じゃあないか」

「だからそういう理由で安くお売りしたんです」

なにやら男性客の応対をしているようだったが、その会話は決して穏やかなものではない。

女性のほうは怒りを堪えているのがありありとわかる声音だ。男性も高圧的な態度で大きく膨れた腹を前に突き出している。

おそらくこの剣呑な雰囲気が人を集めてしまったのだろう。

「こりゃあ弁償すべきだろ。まともな鯛《たい》なら五十四、鯖《さば》なら二百四、それくらいはもらわんとなぁ」

「購入されたのは三十四のはずですけど？」

「不快な思いをした分、追加で二十四だ。それができないなら、……そうだな、代わりに嬢ちゃんの身でも差し出すか？」

男性の要求は、明らかに不当なものだった。

この時期の鯛《たい》は、身が引き締まってさっぱりとした脂《あぶら》が美味しいけれど、まぁ高い。

それこそ私はまず手が出ない。それを五十匹というのは、横暴すぎる。普通ならまかり通らない要求だ。

「あの人、公務の関係で知ってる。力のある豪商なんだ。それで誰も注意できないでいるみたいだね」

ホセさんの囁きで、やっと状況を把握することができた。

なるほど、後ろに従者を侍《はべ》らせているあたり、まさしく権力者なのだろう。

「どうだ、いい条件だろ？　その勝ち気な性格、気に入ったんだ。悪いようにはしないぞ？」

「……お断りします」

「よく聞こえないなぁ。簡単に断れると思ったら大間違いだぞ、嬢ちゃん。ワシが動けばここの漁場一つどうにかすることくらい簡単にできるんだ。なにかはしてもらわねぇとなぁ」

男は言い合ううちにすっかりヒートアップしているのか、周りが見えていないらしい。

公衆の面前にもかかわらず、胸糞悪いやりとりが交わされる。

このままでは、見ているこちらの心まで荒《すさ》んできそうだ。

我慢ならず私が足を踏み出しかけたところ、ホセさんが腕を出して制止してきた。

「迂闊《うかつ》に手を出せないな。豪商相手じゃ面倒だ。だが、これ以上無理強いするようなら、僕が止める。あんたは下がっててよ。危険な目にあわせないために旦那に付き添いを頼まれたんだし――」

が、私が聞いていたのはそこまでだった。

どうしても肌の裏がむず痒くて、耐えられなかったのだ。

「言いがかりはそこまでになさい!!」

気づいたときには、もう前に出ていた。

「なんだぁ、嬢ちゃん……？　いきなり出てきて、このワシに意見しようっていうんかい」

「そんなところですわね。だって、あんまり間違ったことを言うんですもの」

周りを囲んでいた買い物客らがざわつき始める。

ホセさんが「あんたは本当に……」とため息を漏らすのが耳に入った。

けれど、もうあとには引けない。

私は女性販売員さんに大丈夫だと目配せをしてから、腰に両手を当てた。

「あなたの買ったお魚、見せてもらってもいいです？」

「……ワシはなんの嘘も言ってないぞ？　この鯛《たい》は身が小さくて、本当に骨が多い。一匹捌《さば》いてみたから、間違いない」

そう言って豪商の男が冷却箱から取り出したのは、手のひらサイズの鯛《たい》だ。

なるほど、たしかに小ぶりではある。

けれど、身に傷があったり、変色したりしているわけではない。

単に、大きくならない種類の鯛《たい》なのだろう。

「綺麗な鯛《たい》じゃないですの。これが安く手に入るなら、むしろお得ですわね」

「ふん、見た目が綺麗でも食べるところがなければ意味がないじゃないか」

「それも使い方次第ですわ。むしろこの一匹で、三つ以上は料理ができますわよ」

「三つとは大きく出たな、嬢ちゃん。はは、冗談はよしたほうがいい」

「冗談は言いませんわよ。私、これでも料理人ですもの」

それも、節約料理を専門にしているしね！　なんなら自分の領分だ。

身の端まで余すことなく利用するのは、お手のものである。

しかし、それをここで証明できないのが弱かった。

「ふん、どうせ口だけだろ」

男はそう決めつけて、鼻息荒くふんぞりかえる。

ぐぬぬ……！　私は歯痒さを噛み締める。すると――

「あの、裏にある調理場でよければお貸しできますけど」

それを見かねたらしい販売員の女性が、救いの手を差しのべてくれた。

「ほんとですか！　貸してくださいな、三十分ほどいただければ、すぐに作ってみせますから」

「えっ、そんな時間で三品も？」

「ふふ、十分ですわよ。大船に乗ったつもりで任せてください。では、ちょーっとばかりお待ちくださいな？」

私は男に対して、いつもの必殺笑顔をお見舞いする。

その太い唇が一瞬引き攣《つ》ったように見えたが、男はあくまで私の失敗を確信しているらしい。

「ふん。やれるもんならやってみるがいいさ、嬢ちゃんよぉ」

これで折れるほど、私は柔じゃない。むしろ、この小鯛くらいには骨があるほうだと自認している。

女としての可愛げには欠けるのかもしれないが、そんなことは今に始まった話じゃない。

私は鯛《たい》一匹とともに、調理場に通してもらった。

「……どうしてこうなるんでい、あんたは。今からでもやめね？　なにかあったら厳罰を食らうのは僕なんだけど」

後ろからついてきて、恨み節を零すのはホセさんだ。

これに関しては、私にも言い分がある。

「もともとはホセさんが輪に入っていったんですよ」

「……ぐ。僕はただ、面倒なことは先に片付けておこうと思っただけのことだってての。というか、僕が近づかなくても、どうせ結果は同じだったんじゃないの。あんたが、あの状況をほっとけるわけがない。ドのつくお人よしだってことは、知ってるんでい」

「あら。怒るかと思ったら褒めてくれてますの？」

「半々ってところかな。見過ごせなかったってのは、同感だしね」

会話をしながらも、手は止めない。

既に内臓抜きなどの下処理はされていたから、腹から刃を入れて、まずは二枚に下ろす。

「うんうん、綺麗な白身ね。透き通ってる。あんな男に食べさせるのがもったいないくらい」

続けて頭を落としたら、これでもう三品分だ。

酒と塩を振って少し寝かせたのち、さらなる作業へと入っていく。

「なぁ、あんた。こうやって人に見られている状況だと、モモちゃんを呼び出せないんじゃ？　どうするんでい、調味料は」

「うーん、そうですわね。本当はお醤油が欲しいところですけど……」

ちらりと外を見ると、いつのまにかかなりの衆目を集めていた。

中にはあとからやってきた人もいて、一部の方は、市場のイベントだと勘違いしているらしかった。

「頑張れよ、お姉さん！」

そんな応援の声までが飛び始める。

いつぞやのお料理大会を彷彿《ほうふつ》とさせる。もはや、ちょっとした公開イベント状態だ。

召喚魔法をバレずに使う隙など、到底作れなそうだった。

「まぁ大丈夫ですわよ、お任せくださいな」

「……そりゃ、あんたの腕はよく知ってる。疑ってはないけどさ、どうしてそんなに強気になれるんでい？」

「ふふ、素材がいいですから。味付けはシンプルなもので十分なんです」

そう、主役はあくまで鯛《たい》なのだ。

まだ朝も早いからモモには精霊界で寝ていてもらうとしよう。

私はその場にあった調味料と具材を少しだけ拝借して、同時進行で三品を調理していく。

そして約束どおり、三十分以内に全てを作り上げてみせた。

借りたお皿に料理を盛り付ける。

運ぶのはホセさんにお任せして片付けをし、調理場を出ると用意は万全に整えられていた。

漁港の方々も、いっそイベントにしてしまおうと考えたのかもしれない。

テーブルと椅子が並べられ、そこに豪商の男がでんと偉そうに座っている。

「ちゃーんと時間内に作りましたわよ」

「……ふん、味がまずければ同じことだ」

「まぁまぁ。食べ終わったら同じことは言えませんわよ。さぁご遠慮なくどうぞ」

味見を済ませていた私は、既に勝利を確信していた。

実に気楽な心持ちで、まず一品目の『鯛《たい》の唐揚げ』が食されるのを見守る。

「……な、まぁまぁじゃないか」

「たしかにソテーするには身が小さいですから、小麦粉を加えて練りものにしたんです。どうです、美味しかったでしょう？」

「し、しかし、ほかの品はどうだか。これなんて、見た目がとんでもないじゃないか」

「味もとんでもないですわよ？」

そう、お次はこの国ではまず食べられることのないお料理。

落とし蓋をして鯛《たい》の頭を柔らかくなるまで煮込んだ、あら煮だ。

醤油を使うのが基本だけれど、塩と白ワインのみを使うことで、鯛《たい》という素材そのものの味を限界まで引き出した。

「……この見た目で柔らかい上にこの美味さ。あ、いや、まぁまぁだな、これも」

「ふふふ、本音が漏れてますわよ」

男の妙な意地が、だんだんと折れていく。

強がっていても、舌は素直らしい。三品目のお吸い物には促《うなが》さずとも彼自ら手をつけた。

一口含んだところで、一気に飲み干そうとするので、私はそれを取り上げる。

フォークもほかの皿も、次々に回収してやった。

「……な、なにをする」

「簡単なことですわ。間違った道理を権力で押し通そうとする人に、これ以上食べさせる鯛《たい》はありませんもの。それに、『まぁまぁ』な料理ならいりませんでしょう?」

周りで見ていたお客さんたちが、そうだそうだと同意してくれる。

男は声を詰まらせ、眉間にしわを寄せて料理皿を見つめた。

意地か料理か、天秤にかけているのかもしれない。

ここで料理を選べば、負けを認めたも同然になるが……

「…………くそ、これまでもっと高い鯛《たい》を食べてきたはずなのに、そのどれとも違う。美味すぎる。頼む、食わせてくれ。いや、食べさせてください」

彼が取ったのは、料理だった。

テーブルに手をつき、真向かいの私に頭を下げる。

「疑ってすまなかった……。まぁまぁ、どころじゃない、絶品だ。唐揚げも、煮物も、汁物も。ハネものの鯛《たい》たった一匹で、これほどとは。ワシが無知だったらしい」

「正直でよろしいですわ。けど、私じゃなくて、彼女に謝ってくださいな。それから、二度と変な言いがかりはつけないと誓うことです」

「…………ああ、そうさせてもらうよ」

素直になった男は、販売員の女性にも頭を下げる。

「すまなかった。あれはただの言いがかりだ……」

「今度同じようなことがあったら出禁にしますから。あと、あなたのような男には興味ありません」

「わ、わかった。もう二度とやらないっ！」

やはり芯の強い女性だ、言い切るあたりが格好いい。

男は腰を抜かしたのか、椅子に勢いよく崩れ込む。

その情けない姿に溜飲《りゅういん》を下げていると、販売員の女性は私に微笑みを向けてくれた。

「ありがとうございました、料理人さん。本当にお上手なんですね。私も正直、三品作るって聞いたときは半信半疑でした」

「ふふっ、疑いが晴れてよかったですわ」

「あの、今度お店に伺ってもいいですか？　個人的に、あなたのお料理を食べてみたくなってしまって」

「あら、嬉しい。もちろんです！　なら、こちらをどーぞ！」

予期せぬことだったが、ビラまで手渡すことができた。

「……あんた、料理大会のときといい、そのビラ、常に持ち歩いてんのかい？」

舞い上がる私に、ホセさんが呆れ声で指摘するが、むしろビラを持ち歩いていることを褒めてほしいくらいだ。

いつ宣伝できるかなんてわからないし、広告にお金をかけられるわけでもない。貪欲にいかなきゃね！

ほかにも興味を示してくれた方がいたので、私はビラ配りを始める。

「で、そもそもなにしに来たんだっけ」

と、突っ込みが入った。

この指摘は、至極真っ当なものである。

予期せぬトラブルのせいで、本来の目的が彼方《かなた》へと飛んでしまっていた。

「そ、そうでしたわね」

「まったく、おっちょこちょいだなぁ、あんたは」

「それ、ホセさんにだけは言われたくないですよ。えーっと、元ぼったくりの販売員さんは……っと。あ、いましたわ！」

探し人がすぐに見つかったので、私は手を高く上げて振る。

親しみを込めたつもりだったのだが、向こうは怯えたように数歩後ずさった。

「げ、な、なんで、あんたまた……！　もう俺は悪いことなんてしてないぞ!?」

いつか鮭を高値で売りつけようとしてきた売主さんだ。

あのときは鮭一匹と、海苔《のり》を譲ってもらって、不問にしたのだっけ。

以降、仕入れついでにたまに訪れては様子を見ているが、本当にちゃんと誠実に働いているらしい。

「ふふ、安心してくださいな。わかってますわよ」

「じゃあなんだ？　また、あの海苔《のり》とやらが欲しいのか？」

「あら。いただけるならもらいますけど、今日は別のものもいただけます？　鱈《たら》を一籠《かご》買いますから」

「べ、別のもの？　まさかまた鮭一匹⁉」

いやいや、私だってそこまで横暴じゃない。そんな印象を持たれているとしたら、心外である。

今欲しているのは、値がつかないようなものだ。

「綺麗な海水をくださいな？」

◇

「あんた、もしかしなくても怪り――いや、力持ちすぎないかい？　身体も小さいし細いのに、どこにそんな力があるんでい」

「ふっふっふ、別に遠慮せずに、怪力って言っていただいて結構ですわよ。んー、料理人って体力勝負なところもありますし、最近の畑仕事で鍛えられたのもあるかもしれませんわね」

「僕はもう無理、限界すぎ。執事のやる仕事じゃねぇや、こりゃ。僕に持てるのは、お盆くらいだな」

予想を遥かに超える大荷物だった。

そもそもは海水だけが目当てだったのに、市場での騒動を鎮めたお礼だと、その場にいた市場関係者さんたちから、たくさんの海産物をいただいてしまったのだ。

結果、持ち帰る荷物は、重さにして一人頭十キロ弱。

それを天秤棒の両端に吊るして、持って帰ってきた。

私は平気だったけれど、ホセさんには文字どおりの重労働だったらしい。

店にたどり着くなり、控え室のソファに崩れ込んでしまった。足先、手先だけをぴくぴく動かす様《さま》は、うん、まるで締められた魚みたいだ。

横に並べて見比べたいくらい、そっくりだった。

「ですから、私が一人で運ぶと言いましたのに」

「僕は馬車を使ったら、って言ったたっての。お金は僕持ちでいいって」

「テームズ家に不要なお金を使わせるわけにはいきませんもの。それに、うちのモットーはあくまで節約ですわ。動けるときはお金を使わず身体を動かす！」

なんて、意見は食い違うけれど、もし一人で行っていたのなら、荷物の多さからして二往復しなければいけないところだった。

実際そうせずに済んだのは、彼のおかげに違いない。

「少し休んでいてくださいな。今回は助けてくださって助かりましたわ、ホセさん」

「そ、そう？　へへっ、よかった。これで旦那にどやされる心配もなくなったよ」

彼は横たわったまま、全てをやりきったような清々《すがすが》しい顔で目を閉じる。

身体を冷やしたらいけない。

私は彼にブランケットを一枚かけてから、頭にバンダナを締めた。

次なる作業のため、厨房《ちゅうぼう》へと向かう。

ホセさんは満足げな様子だったが、実のところ、やっと料理をする準備ができた段階だ。一息つくには少し早い。

「ただの海水を煮詰めるって変な感覚ね」

私はもらってきた海水の一部を、大きめの手鍋へと移す。

魔導コンロで強火にかけて沸騰させたら、ここからは煮詰まるのを待つ時間だ。

といって、ただじっと見ているのももったいない。

「ボクがこれを見張ってればいいの？　なんか地味じゃないかな」

「そう言わずによろしくね、モモ。完成したらちゃんと食べさせてあげるから」

監視役は任せて、別の作業を始める。

取りかかったのは、前日から水につけておいた豆の処理だ。

レシピには一粒一粒潰し、水と混ぜるよう書いてあったけれど、私には裏技がある。

「風よ、来たれ！」

作り出したのは、手のひらに収まるほどの小さな風の渦《うず》だ。

これを容器の中に放り込んで、上から蓋をする。

あとは中で渦《うず》が暴れるのを上から押さえ続けていれば……


「うん、こんな感じかしらねっ！」

ものの数秒で、工程クリアだ。

蓋を開けると、水と豆が分離することなく、しっかり混ざり合っていた。

「……まるでフードプロセッサーみたいな使い方するよね。やっぱり便利だね、それ」

そうモモは言うけれど、なんのことやら。

魔物を貫くような威力はない私の魔法だが、さすがに豆くらいなら砕ける。

そうして作った液体を巾着袋でしぼったら、豆乳の完成だ。その豆乳を手順どおりに煮詰めていくと、モモがしっぽを振り回してなにやらアピールしてくる。

「ねぇ、ちょっと上のほうの膜を掬《すく》ってみてくれない？　これがすごく美味しいんだよ」

たぶんこれもまた、日本という国で得てきた知識なのだろう。

でも、食に関しての彼の知識は信頼に足る。

実際、試しに食べてみると、その口どけに私はすぐ魅了されてしまった。

「前にいた世界では、これを湯葉《ゆば》って呼んでたよ。結構値が張る料理なんだ。なんなら、これから作ろうとしている料理よりね」

「モモ、お醤油！　これ絶対合うわよっ」

「さすがだね、アメ。間違いない組み合わせだよ、それ」

やってみれば、思ったとおりであった。

醤油の塩気が、濃厚かつ重厚な豆の甘みによく合い、ずっと舌に乗せていたくなる。

だのに、その柔らかさゆえにすぐ溶けて消えてしまうのがなんとも口惜しいったら。

まるでまだ見ていたいのに中途半端なところで覚めてしまう夢みたいだ。

モモと一緒になって、つまみ食いに精を出す。

「意外とハーブソルトでもいけるわね」

「いやいや、味噌も捨て難いよ」

色々な調味料を引っ張り出して盛り上がる。が、海水がぼこぼこ煮立つ音で、やっと我に返った。

いけない、いけない。この湯葉《ゆば》なる料理はあくまで副産物なのだった。

「もう、アメったら肝心なときに食い意地張りすぎだよ」

「……どの口が言うの。モモだけは言う資格ないわよ！」

幸いだったのは、焦がしたり、煮すぎたりしたわけではないことだった。

海水が濁るまでさらに煮詰めて、目の細かい絞り布で余分な成分を取り除く。

工程こそ単純で、紙の上で見ている分には簡単そうだったが、やってみるとなかなかに根気がいる。

だが、そう、全てはまだ見ぬごはんのため！

手間暇を惜しんだら、『美味しい』が遠ざかってしまう。

その後もモモの意見を仰ぎつつレシピに従って調理を進め、やっと完成とあいなった。

かなり早い時間に始めたはずが、もうお日様が頭の真上に昇るような時間だ。

そこでふと思い出して、私は完成品を確認するより先に、控え室を訪れる。

寝返りを打ったせいか床に落ちていたホセさんを起こして、厨房《ちゅうぼう》へと戻ってきた。

せっかくだからホセさんにも食べてもらおうと思ったのだ。

「……これが、この家から掘り出した古いレシピとやらに載ってた料理かい？　なんというか、チーズみたいな見た目だな」

「そうなんです！　なんでも、お塩を作ろうとしたら、たまたま生まれた料理だとか書いてありましたね。名前はえっと……」

レシピには、『寄せ豆』とそのままの名前が記されていた。

けれど、うちの召喚精霊獣様が使っていたのは別の呼称だ。

寝ぼけたホセさんにわしゃわしゃされたせいで、ハネっ毛になったモモが説明を引き継いでくれる。

「お豆腐、っていうんだ。前にいた世界じゃ当たり前に一つの食材として扱われてたから、自分で作ったことはなかったけど、よくできてるね」

「……このレシピ、もしかしなくてもすごい？」

「再現できちゃうアメも含めてね。レシピはその工程をやり遂げられる料理人がいないと成り立たないから」

お世辞でも嬉しい言葉だった。けれど、まだ食べる前から褒められても困る。

私は完成した豆腐なる料理を切り分けて、モモおすすめの甘いお醤油でいただく。

見た目はチーズのようで、濃厚さもあるが、後味は乳製品とは違い、さらりとしている。

お醤油の甘みが最後に残って、喉奥へと抜けていった。

その感想は、一言でいうならば、『新感覚』だった。食感といい、味といい、新しい。

ただモモだけが一匹、「懐かしいなぁ～、これだよこれ！」と身体をくるくる回して喜びを表している。

「お豆腐って万能なんだよね。お肌にもいいし、カロリーも低いし、満足感もある。前いた世界でも女性がたくさん買ってたよ」

そう聞いた私が、追加で四切れも食べてしまったのは、仕方ないことだろう。

これでも一応、食べすぎないように多少は気をつけた結果なのだ。

◇

『お豆腐』なる料理を新たに習得してからというもの、料理の幅は目に見えて広がった。

お味噌汁に入れてもよし、唐辛子と挽肉で炒めても、はたまた潰してハンバーグのつなぎにしてもよし。

万能であるうえ、美容効果まであるのだから、モモのいた世界で流行《はや》るのも納得がいった。

私がもしその世界にいたなら、たぶん毎日のように食べている。

「つまり、こっちでも流行《はや》る可能性があるってことですわ！　流行を新たに生み出しちゃえば、お店繁盛間違いなしっ！」

夜のお食事会で私が盛り上がっていると、オスカーさんは味噌汁の中にある豆腐をスプーンで掬《すく》って、まじまじと見つめる。

「この白壁を削ったみたいな食材が人気になるのか……？」

「言い方が悪いですわよ、オスカーさん。丁寧に練り上げられた白絹みたい、って言ってくださいな」

「……すまない、俺の感性不足だ」

オスカーさんは眉間にしわを寄せて、俯《うつむ》く。

どんよりと、紫の暗幕が下りてきたみたいに暗い。

顔立ちが整っているだけに、痛恨、深刻といった雰囲気がより醸《かも》し出される。

まったく落ち込むような話ではないんだけどね？

それに、私の表現はモモの受け売りだ。

モモによれば、今回私が作ったものはどうやら絹豆腐、という種類になるらしい。正直にそんな情報源を明かそうとしたのだが……

「うむ、そう言われればこの蕩《とろ》けるような口当たりは壁ではないな。絹、か。なるほど、うまい言い回しだ」

いたく感心されてしまって、釈明に少しの時間を要した。

でも、そこは大きな問題ではない。

彼だって、見た目はともかく味はちゃんと気に入ってくれている。

ふっふっふ、これぞ努力の成果！

ここ数日、賄《まかな》いごはんや夜の食卓に、さまざまな形で忍ばせたことにより、本人の自覚がないままオスカーさんは豆腐の魅力にどっぷり浸かっている。

これで、この世界でも通用する可能性があることはわかった。

ならば、そろそろメニューとして出してみる頃合よね！


翌日、『ごはんどころ・ベリーハウス』に訪れたお客様は、定食用プレートの端を見て一様に首を傾げていた。

「これは……チーズ？　いやいや、でも匂いがしないね」

「デザートなのはたしかじゃないか」

あくまでまずは付け合わせとして、ひっそりと。

——のつもりが、物珍しさからか注目度合いでは主菜を凌《しの》いでいる。

ちなみに、今日の主役は焼き魚だ。

鱈《たら》、鮭、赤鯛に、鯖《さば》——

漁港で余るほどいただいたそれらを、味噌につけて寝かせた、いわゆる西京漬《さいきょうづ》けである。

……って、本当はこれも珍しいはずなんだけどね？

まず間違いなく、ほかの店では出せないだろう代物である。

ただそこは、うちの常連さんたちだ。私の料理で白味噌が出たくらいじゃ、もう驚かない。

料理に手もつけず、議論を紛糾《ふんきゅう》させている。

「さ、とにかくお食べくださいな。ごはんが冷めますわ。——この白いお料理は、そうですわね。もし材料を当てられたら、私からご褒美を差し上げます！」

止めるつもりが、つい悪ノリしてしまった。

新しい料理を前に、あれやこれやと話をする時間も私は大好きなのだ。

「ちなみに、お醤油をかけていただくものですわよ」

ヒントも提示して、お客様たちが舌鼓《したつづみ》を打つのをわくわく気分で見守る。

見当違いな答えばかりが飛び出るので、なにか程よい追加のヒントをと頭を巡らせていたら、一人がはっきりと手を挙げた。サンタナさんだ。

「わかった！　間違いありません、これは大豆《だいず》ですね？」

「あら、大正解です！　ふふ、よくわかりましたわね。さすが食通さん！」

「い、いやぁ、アメリアさんに褒められると照れますよ。ちょっと聞きかじったことがあるんです。ここから遥か東の国の料理に、大豆《だいず》を加工して四角く成形した白い料理があるって」

「へぇ……」

彼の持つ情報量には、舌を巻かざるをえない。

私は聞いたことがなかったけれど、ちょっと興味を惹かれた。

豆腐があるのなら、お醤油が当たり前に使われている国もあったりするのかしら。

遠方の知らない国に思いを馳せるが、しかしサンタナさんの言葉で我に返る。

「それでその、アメリアさん！　ご褒美というのは、どういった？　も、もしアメリアさんさえよかったら、その、近くにとても上質な洋風煮込みを出すお店を見つけたので、その、ご一緒に……」

「まぁ！　洋風煮込みですか」

「そ、そうなんです！　アメリアさんなら絶対喜んで……ひっ」

語尾だけで、なにが起きたのかわかってしまった。

見ると、オスカーさんが給水ポットを片手にサンタナさんを見下ろしていた。

まだ半分以上残っていたサンタナさんのグラスに、オスカーさんはわざとらしく水をなみなみ注ぐ。

なにがなんだかわからないけれど、一つたしかなのは固唾を呑むような緊張感が生まれていること。

それは私以外も感じているようで、みんな慌てたように目を逸らし、食事へと戻っていった。

ただ一人、細かく身を震わせるサンタナさんを除いて。

「へ、辺境伯様！　いや、これはその、クイズに正解したご褒美だとおっしゃるので、ちょっとお誘いを」

「アメリアとの食事が褒美というなら、俺も参加していた」

「でも、辺境伯様は答えを知ってるんじゃ？」

「だからこそ、参加していたんだ。ほかの誰かに渡すわけにいかないからな」

まるで、虎と子鹿の戦いだ。始める前から結果は見えている。

けれどサンタナさんは、根っこのところではオスカーさんを怖がってはいない。

ちゃんとオスカーさんの優しいところも知ってくれているのだ。

「そんなぁ。まるで悪魔だ、この人ぉ！」

……たぶんきっと、そのはずだ。

「なんとでも言うがいいさ。それでアメリア、本当の褒美はなんなのだ？」

「あ、そうでした！　サンタナさんには、カフェ利用で使える紅茶チケットを進呈しますね！」

「ほう、それはいいな。よかったじゃないか、サンタナ。一人で料理屋の情報をまとめる作業をすとオスカーさんと連携し次々用意するが、彼女は流れるようにそれも平らげた。

おかわりを用意すると、彼女はまるで飲み物かのごとくそれをちゅるんと食べてしまう。ならば

そう思いながらも、注文されたら提供するのが料理屋さんのお仕事である。

一体全体、どうしちゃったのかしら。

いつも旦那さんの愚痴を零している、ぱっと見、二十代後半ぐらいの女性だ。

そう咽《むせ》び泣くような声を上げたのは、常連さんの一人だ。

「アメリアちゃん、冷奴《ひややっこ》おかわりっ!!」

けれど――

若干無理矢理だが、これでまとめるつもりだった。

冷奴《ひややっこ》！　美容効果もたっぷり、健康にもよし、食べても食べても罪悪感のない一品ですわ！」

「えぇっと……、とにかく！　この白いのはお豆腐っていうんです。冷やして醤油をかけたら、

それを振り払うかのごとく、私は腰に手をやり豆腐のアピールを始める。

思わぬ結果に、微妙な空気が垂れ込めていた。

ナさんは、力なく肩を落とす。

褒美をもらっていないはずのオスカーさんが薄い唇を吊り上げて軽く笑顔を見せ、一方のサンタ

「くっ。嬉しいんですけど、なんか悔しい……！」

るのにぴったりだ、一人で」

約十切れほどかき込んで、やっとスプーンを置く。

からんと店内に寂しげな音が響いた。

「アメリアちゃん、気をつけなさい……」

誰かを呪うときよりも低い声で彼女は言う。

「結婚にはね、夢も希望もないわ!!」

「それを言うなら、婚約にもありませんわ！」

半ば無意識のうちに、そのセリフは口から飛び出していた。

だって事実だしね。

「えっ、アメリアちゃんもなにかあったの？　婚約者に浮気されたとか!?　しかも数年付き合った末にそれが判明して、涙ながらに指摘したら『気づかなかったお前も悪いだろ？』とか開き直られて険悪になってる最中とか!?」

私の返事に対する女性の切り返しは、凄まじい勢いだった。

同じような境遇と知ったうえでの思いやりだろう。私の手をはしっと握って、慈《いつく》しむような目で見たうえ、眉尻まで落とす。

これぞ乙女の勘だろうか、なんて鋭い！

当たらずといえども遠からずなのだけど、私が婚約破棄で痛い目を見たのはもう過去の話だ。

それに、お客様に愚痴を零して、店の雰囲気を悪くしたくない。

「いや、えっと、そんなことはありませんわ。その、今のはお友達から聞いた話で！　それより、ご自身のお話ですわ。なにがあったのか聞かせてもらえます？」

無理矢理、話を彼女へと戻す。

と、ここへ来て我に返ったのか、彼女は周りの目が気になり出したらしい。

話しづらそうなので、昼営業が落ち着くまで待ってもらってから、控え室で詳しい経緯を聞くことにした。

「絶対、絶対、浮気よ」

ミレラというお名前らしい彼女は、ソファに座るなり、隣にいる私の肩をぐっと掴んで、そう断言する。

「うちの旦那、冒険者をやってるんだけど、深夜に酔って帰ってきたと思ったら、旦那の服から、べったり甘い香りがするの。旦那は最後に食べたデザートのせいだって言うけど、間違いなく違うわ。あれは女の匂いよ」

「……えっと、どうして断言できるんです？」

勘よ、となぜか自信ありげに言い、彼女はウェーブがかかった長い髪を後ろへと払ってみせた。

まさかの根拠なしかと思えば、一応そう結論付けるに至った理由はあるそうだ。

「そのあとも出るわ出るわ。胸ポケットから高級料理屋のカードが出てくるわ、休日も外出して帰ってこないわ。最近なんて、妙に可愛らしい腕輪まで付けてるの。きっと女からもらったものに違いないわ」

「ちなみにそう考える理由は……」

「勘よ、勘！」

やっぱり勘だった。

たしかに限りなく怪しくはあるが、決定打はないように思えた。

ただ彼女がそう言いたくなるのも、よーくわかる。

私だって、元婚約者のスペンスが、メイドのサリさんにやたら丁寧に接しているのを見たときには、疑心暗鬼になったものだ。

そして実際、浮気をしていたのだから、いわゆる女の勘というのは馬鹿にできない。

「アメリアちゃんも気をつけなさいね、男はみんなケダモノよ。すぐに別の女に走るんだから。辺境伯様も例外じゃないかもしれないわよ？」

「なんでそこでオスカーさんのお話が出るんですか！」

「あれ、そういう関係じゃないの？　夜に店に二人きりで残ってお楽しみしてるんじゃ」

これまた、微妙に当たっているから困る。

オスカーさんと二人きりのお食事会を、毎日ささやかな楽しみにしているのは事実だ。私は助けを求めて、壁に寄りかかり黙って話を聞いていた彼に視線を向ける。

「俺は浮気のようなことは絶対にしない」

オスカーさんが否定したのはそこだけだった。

お楽しみ部分の否定はしてくれない。

ミレラさんはそれをどう受け取ったのか、「アメリアちゃんはいいなぁ。この人なら本当に一途そうだし。うちの旦那と違って」と再び嘆き節を始める。

「オスカーさんと私は恋人関係じゃないですわよ!?」

私がこう否定するのも届いたのかどうか。

彼女は俯《うつむ》き、悲観的な言葉を漏らし続ける。

こりゃあ重症だ。私は考えた末、一度、厨房《ちゅうぼう》へ戻る。そして持ってきたのは、朝ごはんとして食べたパイの包み焼きの余りだ。ハートの型で一口サイズにくりぬいた、見た目も可愛らしい一品である。

「アメリアちゃん、これくれるの?」

「どうぞ、お食べくださいな」

「ありがとう……！　やっぱり、イライラを解消するなら甘いものよね」

ミレラさんは一口サイズのそれをまるごと口に入れる。

すぐに、目が見開かれた。まだ口の中が詰まったまま、くぐもった声で言う。

「これ、ミートパイ！　騙《だま》されたわ、美味しいけど。甘いのかと」

「ふふっ、美味しいならなによりですわ。でも、つまりこれと同じですわよ。旦那さんの浮気も」

決まった！　私は誇らしくなって腰に手をやるが、ミレラさんの反応はいまいちだった。

怪訝《けげん》そうに、ミートパイを噛み進めている。ぽろぽろとクズが皿の上に落ちていた。

あ、あれ？　私が拍子抜けしていると、オスカーさんが補足してくれる。

「要するに、今のパイのように、思い込みはよくない。そう言いたかったのだろう？」

今度は、的確な助け船であった。

前に私が喩《たと》え話をしたときはきょとんとしていたオスカーさんだったが、きちんと理解してくれるようになったらしい。

「そのとおりです！　たしかに浮気をしているのかもしれませんが、まだ決めつけるには早いですわ。もう少しお調べになってみては？　決めるのはそれからでも遅くはないですよ。お好きになられて結婚されたのでしょう？」

「……まぁそうね。うちがやってるアイテムショップに、お客さんとして旦那が来て、そこからね」

「なら、なおさらですわ。惹かれ合って一度は生涯を共にすると決められた方ですし、証拠も掴んでいないのに決めつけるのはもったいないですわ」

「……アメリアちゃん、やっぱり婚約関係でなにかあった……？　なんか言葉がずしーんと胸に響いてきたんだけど」

「あ、あくまで、お友達の話ですわ！」

意図せず実感がこもりすぎてしまったようだ。

私とスペンスは貴族間の政略的な婚約だったが、それでも、簡単には諦《あきら》められなかった。両親が私のためにとかけてくれたお金や時間を思うと、こちらから切り捨てることが難しかったのだ。

ましてやミレラさんは恋愛結婚だ。一度はこの人と自分で決めて選んだわけだから、なおさらだろう。

「とにかく、少し調べられてみては？」

「で、でも調べた結果、動かぬ証拠が見つかるのもそれはそれで怖いのよね……」

「ふふ、まだ旦那さんがお好きなのですね。勇気が出ない気持ちもよくわかりますわ」

直接調査をお手伝いできればいいのだけど、それは料理屋の店主としての範疇《はんちゅう》を超えている。

あくまで料理屋として、協力できることはないかしら。

「では、こういうのはどうでしょう？　私がミレラさんの勇気が出るような勝負メシを一品お作りするんです！　それを食べて、ご自身を奮い立たせて調査してみてくださいな」

「……勝負メシ？　なによ、それ」

いけない、これもモモに教わった日本なる場所の風習だった。

「えっと、たとえば大事な交渉事とか大会とかに臨む前に食べるごはんですわ！　力の出るものを食べたり、名前の縁起がよかったりするごはんを食べるのが一般的だそうですよ。どうです？　もし万が一、本当に浮気をしていたら、ここでまたお話ししましょう。そのときは、慰《なぐさ》めメシを振る舞いますわ」

「ううっ。アメリアちゃん、あなたって本当にいい子ね。ただの客に過ぎないうちにこんなに親切にしてくれるなんて」

「なにを言ってるんですか！　みんなそれぞれ、たった一人の大切なお客様ですわ」

私はそう言って、ミレラさんの両手を握る。

彼女は涙で潤《うる》む目で私を見上げると、ぐっと眉間に力を込めた。そして、「やる、やってみる」と自分に言い聞かせるように繰り返す。

「アメリアちゃん、うち、とりあえずやってみる！　だから、その勝負メシってやつ、作ってもらえる？」

「はいっ。それで勝負メシはどうされますか？」

「そうね……。うーーーーんと辛いものが食べたい！　それはもう身体から火が出るみたいな」

「辛いものですか！　たしかに、それを食べたら奮い立ちそうですわね」

「うん、遠慮なく辛くしていいからね？　うち、これでもかなり辛いの得意だから。旦那に辛口浴びせるのも得意だけど」

余計な情報もついてきたが、お料理の方向性は明確でわかりやすい。

かなり辛いものに対する耐性があるようだから、私も、挑戦し甲斐があるというものだ。

私がありったけの辛い調味料を頭に思い描いていると、オスカーさんが口を挟む。

「アメリア、これは例のお悩み相談として受けるのか？」

お悩み相談は、オスカーさんに対する印象の改善を狙って、数ヶ月前に始めた企画だ。店の前に設置された箱に悩みを書き入れるとオスカーさんが相談に乗ってくれるというものである。今ではかなり彼の人柄も伝わってきているとはいえ、募集は中止していない。

だが、話題になっているわけでもなく……

一度、常連客であるサンタナさんからの依頼で弁当作りをして以来、新しい依頼は来ていなかった。

「はいっ。そうしたいんですけど、いいですか？」

「ああ、構わない。俺もできる限り協力はしよう。だが……」

そこで言葉を切って、彼は控え室を一度あとにする。

もしかして快くは思っていないのだろうか。

私がそんなふうに考えたのは、ほんの束の間だった。すぐに戻ってきたと思ったら、彼の手にはペンと小さな用紙が握られている。

「ここに依頼書という形で一筆いただき、外の箱に入れてくれるか」

まさかの形式重視！　そのあたりは、領主――辺境伯様ならではなのかもしれない。

ミレラさんはまたしても戸惑った様子だったが、最終的には依頼書に記入して箱に入れてくれた。

こうして、私たちは二個目の依頼を受けることとなった。

◇

うーんと辛い料理。

単純ながら難易度の高いオーダーを受けた私たちは、閉店後の食事会のあと、さっそく打ち合わせに入る。

参加者は、モモも交えた二人と一匹だ。

オスカーさんと私はいつも食事をとるカウンター席に横並びで座っていた。

「それにしても、辛いだけじゃなくて、鯖《さば》を使わないでほしい、だなんて随分とピンポイントなお願いだね？　もしかして鯖《さば》が嫌いなのかな」

モモの席は私の頭の上である。

まるで冠《かんむり》のごとく、おなかを頭のてっぺんに乗せて、でれーんと垂れている。

正直まぁまぁな重みがあって、首が痛い。しかも、もふふわでボリューミーなしっぽが首筋に当たってこそばゆいので、こらと軽めに叱ってから、私はその問いに答える。

「旦那さんとの思い出がある料理なんだそうよ。そんな料理が出てきたら、浮気調査をする気が失せちゃうから、って理由みたい」

「これまた乙女だね。アメなら考えられないや」

「そうよね……。私なら好きとか嫌いとかより、食欲を優先――って、そんなことないわよ！　そんな失礼なモモにはこうだっ」

「ちょっとアメ、危ない、落ちる落ちる！　床に転がりたくないよ！」

「わんこなら、床に転がってもおかしくないわよ」

私は頭の上に手をやり、その真っ白い毛をもみくちゃにする。しばらくじゃれていると、噴き出すような笑い声が聞こえてはっとした。

「モモよ、アメリアはいつもこうなのか？」

オスカーさんの前であるということが、頭からすっぽり抜け落ちていた。

彼の前で特段、自分を飾っていたつもりはない。けれど、今のやりとりは、生活感がにじみ出すぎというものだろう。

一気に恥ずかしくなった私は、モモの身体でもって顔を隠した。でも、邪気なく笑うオスカーさんは貴重なので、ちらりと盗み見してしまう。

「こうやってわかりやすく反応してくれるから揶揄《からか》い甲斐があるんだ」

「ちょっと、モモ！　それ以上いらないこと言ったら、明日の朝ごはん抜きよ!?」

「あ、これもよくある。いつもこうやってごはんを武器にしてくるんだよ。だめな方法だよねぇ」

「モモ～～～！　本当にそこまでよ！」

「ああ、ごめん、もうやめるよ。ほら、辛い料理の話をするんでしょ？」

うまく逃げられた気がする。そもそも話が逸れたのもモモのせいによるところが大きいと思うのだけど……たしかに今すべきは辛い料理の話だ。

私たちはまず、思いつく限りの辛い料理をあげていく。

一口に辛いといっても、方向性だって色々だ。

モモの出す『わさび』なる調味料は、つーんと鼻に抜けるような辛さだし、はたまた『山椒《さんしょう》』は舌をしびれさせるような辛さを誇る。

だが、辛いといって真っ先に思い浮かぶのは、やはり唐辛子だ。アレンジなどもしやすく、品種ももっとも多い。

「唐辛子を使った料理ってなると、やっぱりキャロロが欲しいところですわね……」

「ふむ、俺でも聞いたことがある名前だな」

「食べたことはなくても、知ってる方は多いですわよね。なにせ、可愛い名前なのに、この世で一番辛いと言われている品種ですから」

「ならば、いつものごとく、モモに出してもらえばよいのではないか？」

「えっと、モモが出せるのはあくまで調味料なので……素材そのものは出せないんですよ。しかも、出せるのはいわゆる一般的なものですから」

ここで、私の頭上にいるモモが説明を代わってくれる。

「そう。いくら優秀なボクでも、食材自体を生み出せるわけじゃないからね。一味やラー油という形でなら出せるけど、それが一番辛いかっていうと違うよね」

「ってわけなんです。だから、今回は調味料ではなく、材料そのものを手に入れたいんですけど……」

言葉尻が濁るのには、理由があった。

「超希少な品種なんですよね、キャロロ」

そもそも偶然によってのみ、生まれる品種なのだ。

たしか『魔の森』の瘴気《しょうき》により唐辛子が突然変異的に、うんと辛くなったものらしい。濃い赤色をしていて、実が上向きにつくのだとか。

「値段も時価ですし、そもそも採れるかすら怪しい代物です」

「となると、俺が『魔の森』に入って採ってくるわけにもいかないのだな」

「はい……、私が入って採るわけにもいきません」

微妙に意見が食い違ったのち、解決法を失った二人と一匹の上に沈黙が落ちてくる。

「……アメリア、一つだけ」

そこでオスカーさんがおもむろに口を開いた。

少し言いにくそうにしていたが、この行き詰まった状況だ。

どんな無理難題な提案でも、ないよりはいい。

「どうされたんです？　遠慮なく、おっしゃってくださいな」

「今度、テームズ家として、大きな商会と商談をすることになっているんだ。その商会でならば、もしかしたら取り扱っているかもしれない」

魅力的なお話だった。

たしかにそれならば、入手の可能性は大幅にアップする。しかし、だ。

「たしかにいいお話ですけど、それじゃあオスカーさんの権力に頼っちゃうことになりますし、任せきりは嫌ですわ」

「……ならば、代わりに頼みたいことがあるのだが、いいか。それで、この件は貸しも借りもなしだ。アメリアは『ごはんどころ・ベリーハウス』の店主として、交渉の席につけばいい」

断るつもりだったが、オスカーさんの言葉に心の針が揺れる。

もともと頼られると断れないタイプだが、それが彼からとなれば、なおさらだ。

オスカーさんは、あまり弱いところを見せない。辺境伯としての仕事がうまくいかないときも、それをお店に持ち込んだりしない。

疲れた顔一つ見せずに、貴重な時間をお店や私のために割《さ》いてくれているのだ。

そんな彼に恩返しができるうえに、キャロロが手に入る可能性があるのなら、こんなにいいことはない。

私はこくりと首を縦に振った。

「誠心誠意、やらせてもらいますわ！」

そう、このときは言っていたのだけど……そんな私を待ち受けていたのは、よもやの展開だった。

第二章　激辛料理作り！

「な、なんでこうなるの……！　というか、この服一体おいくら!?　私の家くらい簡単に買えたりして……」

鏡の前、テームズ家のメイドに着付けてもらった己の服を見て、私は立ち尽くす。

驚きが半分、恐ろしさが半分だ。もしこんなものを泥まみれにしたり、破ったりしたら、家計がめちゃくちゃになるに違いなかった。

私が着ているのは、いつもの水色ワンピースではなくて純白のドレスだ。

少し動けば、まるで蝶が舞うかのように裾がひらひら揺れる。

極め付けは、胸元についた大きなリボンだ。ドレスの上に羽織ったえんじ色のショールと同色で、フォーマルでありながらやや緩く結ばれているそれは、ほどよい遊び心を感じさせる。

見た目だけならば、貴族の淑女そのものだった。鏡の中の私は、まるで自分じゃないようだ。

真紅のリップは艶《あで》やかで、肌色がよくなるよう化粧も施してもらったうえ、アイラインもきりりと立つように引かれている。

勝負事だからと髪につけてきた芋の花のヘアピンだけが浮いてしまっていた。

「おお、さすがは元令嬢じゃん？　似合ってる似合ってる。問題はなさそうだね～」

部屋に入ってきたホセさんが、ひょこっと後ろから鏡に映り込んできて、からから笑う。

「馬鹿にしてませんか……」

「してないしてない。このままお仕えしたいくらい麗《うるわ》しいですよ、お嬢様。自信を持ってください」

彼はすっと右足を後ろに引くと、丁重すぎるくらい深く頭を下げる。

いつもは陽気で幼ささえ感じさせる声音もぐっとトーンを落としていて、真実味を感じさせた。

ローズベリー家にも執事はいたけれど、ここまで洗練されてはいなかった。

ホセさんはやっぱり一流貴族の執事なのだとしみじみ思わされていたところで、堪えられなかったのか、くすっと笑いが漏らされた。

「なんてね。あんたに仕えたら、朝から夜まで農作業させられそうだから、ごめんだ」

上げられた顔には、いつもの呑気な笑みがある。

「うぅ、否定はできませんけど」

「それに、あんたの世話を甲斐甲斐しく焼いたりなんかしたら、旦那に妬《や》かれちまう」

「……えぇっと？　オスカーさんがなにを焼くんです？　貝とか？」

時季的には、アサリが美味しい頃だ。

旨味たっぷりの出汁《だし》があふれ、殻を弾けさせる様《さま》を思い浮かべて、私は少し幸福な気分になる。

が、ホセさんの言葉で、その空想がパキパキと壊され、現実を突きつけられた。

「……あんた、本当に肝心なところは鈍いよねぇ。ま、いいや。とにかく、今日のあんたは旦那の婚約者役なんだから、それなりの振る舞いをしてくれよ～」

待ち受ける試練に顔が引きつる。

それこそが、私がこんな格好をしている理由だ。オスカーさんの婚約者として、商談の場に同席することとなったのである。

「あの、その役、本当に必要あります？　私は裏で接待料理を作って、最後にお話にまぜてもらうって話だったんじゃ……」

オスカーさんの頼み事はもともと、接待料理を用意してほしい、というだけ。

そこにこんな話がついてきたのは、ホセさんの発案らしい。

「いやいや、ただのコックメイドが交渉の席につくのも変な話だろ？　でも、婚約者なら同席してもおかしくない。商会側は自分が信頼されているんだって気を許してくれるだろうし、受けてくれる可能性も高くなる」

「……でもそれって、あとから違うってばれたら大変なんじゃ……しかも婚約者って普通交渉するものですか？」

「まぁまぁ。もう同席するって言ってあるんだから諦《あきら》めなよ。それに、いつか本当にそうなれば済む話だろ」

今、さらっととんでもないことを言わなかっただろうか。

私が固まっていると、ドアが数回ノックされたので、二人で後ろを振り返る。

扉を開けると、そこにいたのはオスカーさんだった。正装姿を見るのはもう何度目かであるが、やはり美しいったらない。金糸や銀糸を贅沢に使ったブロケードコート、首元にはスカーフのような飾りを身につけ、波をモチーフとした家紋があしらわれている丈の長いスラックス。豪奢《ごうしゃ》な服を完璧に着こなしていた。

思わず見とれているうちに気づく。彼の頭にも、芋の花のピンがついていた。

「オスカーさん、それ――ってどうされました？」

なにやら、様子が変だった。

息せき切ってやってきたかと思ったら、今度は彼だけ時間の進みが止まってしまったかのように、微動だにしない。

かと思ったら、唇を手で覆って、顔を背けられた。

「反則だろう、それは」

んん？　なんのことだろう？

私が首を傾げていると、彼は頬をほんのりと赤らめて、目を瞑《つぶ》る。

「すまない、あまりによく似合っていたものだから……」

「あら、お世辞はいいですよ。元令嬢っていったって、しょせんは男爵令嬢ですし。似合ってるというより、これだけメイクや衣装が素晴らしかったら、誰でも五割り増しに見えます、きっと」

たとえるならば、安いパスタ麺に高級なペスカトーレソースが絡んでいるようなものだ。

腰元の華美なレースを整えながら、私は一人、うんうん頷く。

「わかってないなぁ、本当に」

そこに、ため息まじりに口を挟んだのは、ホセさんだった。手を広げて呆れ顔だ。

「旦那はあんたってだけで既に十倍増しなんだよ。衣装なんておまけだっての」

「……余計なことを言うな、ホセ」

「にしても初めて見たなぁ、旦那のそんな顔。絶世の美人公爵令嬢を前にしても、つまらなそうな仏頂面、しかも超事務的な対応だったのに。だいたい、屋敷の主人が息を切らすほど廊下を走ってくるんだから、おかしいよね。別に急がなくたってすぐに会えるのに」

「……ホセ、そこまでにしておけ。あとで痛い目を見るぞ」

「おっと。まったくおっかないなぁ、旦那は。わかりましたよ。じゃあ、僕は給仕の準備があるので、この辺で失礼しますね、お邪魔虫扱いはごめんだし」

分《ぶ》が悪くなったと踏んだらしい。

半ば逃げ出すように、ホセさんは部屋を出ていってしまう。というか、もしかしたらこうなるように仕組まれていたのかもしれない。

衣装部屋に残されたのは、オスカーさんと私の二人だけだ。

自然と、その美しい藍色の瞳と視線が重なる。

これくらい、もう何度も経験してきた。とっくに慣れているはずなのに……

私は唾を呑み、とりあえずペコッと頭を下げる。

「え、えっと……！　今日はよろしくお願いしますね。その、至らない婚約者役かもしれませんが」

「いいや。俺のほうこそ、よろしく頼む。すまないな、こんな茶番になってしまって。ホセの案に乗ったらこうなったんだが……」

「いえっ、もともとは辛いお料理を作る依頼をこなすためですし！」

お料理大会に向かう馬車の中と同じだ。

変に意識をしてしまって、言葉がうまく纏《まと》まらない。

「あー……えっと、そうだ、今日の接待お料理！」

だから無理矢理、話を転換することにした。

「お料理の下準備は済んでいますわ。あとはちょっとした調理と盛り付けをして、ホセさんに提供してもらうだけです」

「そうか。そこまで手を回してくれて助かるよ、うちのコックメイドたちは人数も少ないうえ、技量もそこまで高くないからな。ちなみに今日の料理はどんなコンセプトなんだ？」

「それは見てのお楽しみですよ。一応、接待用の料理も実家では作ってましたから、ご安心くださいな」

「ふっ、そこは心配していないさ。問題があるとすれば、ホセやうちの使用人が間違いを犯さないかだな」

「たぶん大丈夫ですわよ。そこまで難しいことはお願いしていませんし」

そのままお料理談義へと話を転がしていく。やっと落ち着いた頃には、来訪の時間が目前に迫っていた。

「さて行こうか、アメリア」

「はい」

私は彼の少し後ろにつく。

仮とはいえ、テームズ辺境伯様の婚約者なのだ。

それらしく振る舞うためには、一歩下がって未来の夫を支える淑女になりきらねばなるまい。

「そこまでしなくていいさ」

だが、オスカーさんはそう言って私の横に並んだ。

いや、むしろ一歩引き、真顔で口を開く。

「ベリーハウスでは俺のほうが雇われの身だからな。俺が後ろにつくほうがいいかもしれないな」

「そんなわけにはいきませんから！　私がオスカーさんの弱みを握って、脅して婚約を迫ったみたいに取られますわよ！」

「……ふむ。じゃあ、胸元に名札でも貼っておこうか。店長と店員と記していれば、誰でも上下関係がわかる」

「それ本気で言ってます？　いやですわよ、絶対！」

未来の旦那を尻に敷く恐妻予備軍だと思われるのはごめんだ。

結局私たちは肩を並べて、お客様を迎えに行った。ほんの少しだけ、本当に誰かと夫婦になるのなら、こんなふうに対等な関係になりたいな、なんて淡い思いを抱きながら。


客人はご老人で、フーリンさんというお名前だった。

とはいえ、まったく歳を感じさせない方だ。

髪色は灰にけぶった橙色《だいだいいろ》で、白髭《しろひげ》を蓄えているが、身体はシャツが張るくらいにがっちりとしている。たたずまいや、歩き方にも不安はない。

応接室で改めて聞けば、このロコロの街に大きな店を構えるマンダリン商会の代表者なのだといから、納得がいった。

引退の二文字がまったく見えない、一流の商人さんだ。

「しかしそうですか、婚約者がいらっしゃったのですね、辺境伯様」

「ええ、実は。急に同席をお願いして、申し訳ない」

「いやいや、なにを言うか。むしろめでたいという思いしかありませんよ」

口ではそう述べつつも鋭さを奥に隠した目で私を見やり、フーリンさんは数回首を縦に振る。

ひさびさに交渉事の席に着いたこともあって緊張で硬くなっていた私だが、令嬢だった頃の経験を思い返して、丁寧に頭を下げた。

挨拶はそこまでで、話はすぐに商談へと移る。

マンダリン商会は、食材の売買を主な事業としているらしい。

テームズ家は、ロコロ一帯で採れた野菜などを他地域に展開したいとのことで、今回初めて話し合いの場を設けたとのこと。

さすが一大領土を持つ辺境伯様だ、やることが幅広い。

「マンダリン商会には、世話になるが、よろしく頼む」

「なにをおっしゃるか、世話になるのはこちらですよ。このロコロの街は、不当な搾取《さくしゅ》や優遇がない。私どもは色々なところで商売をさせていただいていますが、ロコロほど安心して商売をできる街はありませんな」

「ありがたいお言葉だ。世間的にはそう思われてはいないようだが」

「巷《ちまた》の噂のほうが私にはよくわかりません。これほど街のことを考えている領主は、ほかにそうはおりますまい」

フーリンさんは手放しにオスカーさんを褒める。もしかすると気に入られたいがためにおだてているのかもしれないが、私にはそういった裏は感じられなかった。

口を挟むことでもないので、私は黙ってそれを聞いている。

「それにしても、いい婚約者様を得られましたな、辺境伯様」

「へ？」

唐突に、私の話になった。たまらず、どうしてそう思ったのか理由を聞くと、フーリンさんは穏やかに笑う。

「私が辺境伯様の功績を話している最中、口角が上がっていましたからな。まるで自分のことのように喜んでいらっしゃるのが伝わってきました」

表情を変えたつもりはいっさいなかったのだけど、どうやら自然と喜びが漏れ出してしまったらしい。

たしかに、聞いていて気分はよかった。

最近はオスカーさんのことを怖がらない人が増えてきたとはいえ、それはお店の関係者などごく一部だ。

まだまだ悪い噂が根深くはびこっているのは、よく知っている。

だからこそ、彼の働きを認めてもらえて誇らしかったのだ。とはいえ……

なんて恥ずかしいの……!!　ああ、このまま空気になりたい。

色々な意味で照れくさいったらなかった。

あくまで演技としての婚約者役であるはずが、これでは本当のお嫁さんを気取った痛い人になってしまう。

「ありがとうございます。本当に私にはもったいないくらいのできた人ですよ」

オスカーさんはこうフォローしてくれるが、本音はどうなのか。

身体の奥が熱くなって、仕方がなかった。

表面上は穏やかな笑みを浮かべて、なんてことないように振る舞うが、机の下ではドレスの裾をつまんで持ち上げ空気を入れる。下手に汗がしみたら、高級ドレスが台なしだ。

しばらくそんなふうにして、噴き出す汗を誤魔化し続ける。

「――ちょうどキリがいい。一度食事へと移らせていただいても構わないか？」

「おお、これはこれは。かたじけない」

そして、一旦小休止。やっと食事の時間になってくれた。

場所を移動し、食事の席につく。

早速、オスカーさん、フーリンさんのグラスに食前酒が注がれる。ちなみに私はお酒を遠慮し、代わりに甘いぶどうジュースにしてもらった。酔うと、すぐに眠くなるタイプなのだ。そのため、昔からこうして誤魔化してきた。

追って、前菜が運ばれる。

自分が用意したのだから、運ばれてくるものは知っている。名前についてはきちんとホセさんに伝えてあった。

彼は音を立てずに私たちの前に皿を並べる。

「こちら、前菜のカナッパでございます」

……カナッペですよ！　と思わず口にしそうになった。

やっぱりおっちょこちょいだ、ホセさんってば。

どういうわけか、一文字間違えて覚えてしまったらしい。

いつもの癖で、どんな料理かと説明したくて仕方がないが、設定上は私ではなく、テームズ家お抱えの料理人が作ったことになっているので、なんとか衝動を抑え込む。

「ほう、これはまた小洒落《こじゃれ》ておりますな。秋鮭とクリームチーズですか」

フーリンさんの言うとおりだ。小麦粉を焼いて作った生地の上に、前に漁港でいただいた鮭をフレークにしたものとクリームチーズとを和《あ》えて、炙《あぶ》ったものをのせてある。

彩《いろど》りも華やかで秋らしさを感じさせるが、それだけではない。

「この生地は新しい……！　さくさくとした食感がたまりませんな。普通のパンとは違うようだ」

そう、土台になっているのは、いわゆるクラッカーだ。

普通はパンにのせるところだが、香ばしさをより引き立てるために、薄く伸ばして、カリッと焼き上げてある。

生地がパリパリと口の中で砕ける感覚と、チーズのもったり感もまたマッチしていた。

こうした接待料理に、昔からよく出してきたメニューだ。なんせ、季節ごとに上にのせる具材を変えれば、色々な演出ができるしね！

見た目は華やかだが、基本的には残り物で作れるのも私的には嬉しい。

今回も、クリームチーズにお豆腐を潰したものを混ぜ込んで、こっそり節約をしてある。

そんなことを全て口に出して説明したかったが、カナッペを口に入れることで呑み込む。

次にやってくるはずのパスタ料理を待っていると……

「こちら、シソとほうれん草のジェノベー……パスタでございます」

今度は、「ゼ」の一文字が出てこなかったらしい。

惜しい、惜しいよホセさん！

歯がゆく思ったのだけど、次の瞬間、それが吹き飛んだ。

――一応、事前にソースは作っていた。

あとは温め直したうえで麺と和《あ》えて高く積み上げるように盛りつけ、具材を添えてほしいとお願いしていたのだけど……

少しだけ作るタイミングが早かったらしい。

麺が冷めて、固まり出していた。

でも、まだ許容範囲。オスカーさんもフーリンさんも、美味しそうに食してくれたのだが……

お次に出てきた豚肉のブラチオーレ、つまりはチーズの豚肉巻きを見たときは、さすがにまずいかもしれないと思った。

結び目がほどけかかって中のタネがあふれ出し、周りのソースに隠し味であるレーズンが浮いている。そのうえ、絡めてあるソースは煮込みが甘く、赤ワインの酸っぱい匂いがとびきっていない。

おかげで見た目も、お世辞にも美しいとは言えなくなっていた。

料理を気に入ってくれたせいか、フーリンさんの食べるペースが想定より速い。

もしかするとそれが理由で、今度はパスタとは逆に焦って作ってしまったのかもしれない。

思わず、私は席を立つ。

食事中に席を離れるなんていけないけれど、これをお客人に出すのはもっといけない。仮の婚約者としても、料理人としても見逃せない。

この料理一つが、テームズ家の大事な取引に関わる可能性だってあるのだ。

「どうしたのだ、アメリア？」

「……ちょっと、えっと、すぐに戻りますわ！　それと、ホセ。こちらは一旦下げてもらえる？」

私は最後まで婚約者のふりをして、ホセさんにそう伝える。

彼が戸惑いながらも頷くのを見てから、足早に応接室をあとにした。

どこへ向かうかって？　婚約者としてではなく、料理人、アメリア・ローズベリーとしての主戦場、厨房《ちゅうぼう》だ。

◇

裾の長いドレスを目いっぱいたくしあげて、私はお屋敷の廊下をひた走る。

とはいえ、万が一転んでドレスを傷物にでもしたら大変だ。今の私に、この豪奢《ごうしゃ》な服代を払う余裕はない。

そんな配慮から少し速度を緩めていると、後ろから話しかけられる。

「あんた。急にどうしたんでい？」

走りながら振り向けば、そこにはホセさんがいた。

その腕には、料理ののったお盆がある。

私がお願いしたとおり、ブラチオーレのお皿を回収してきてくれたようだ。

「そのお料理ですよ。ちょっと、そのまま出すわけにはいかない出来だったんです」

「……まあ、なんとなく見た目が悪いのはわかるけど。そこまで気にするほどかい？」

「気にしますわ。お料理一つとっても、テームズ家の評判に関わりますもの。それに、一料理人としても見過ごせませんわ」

私が足を止めないまま言うと、ホセさんは肩をすくめる。

「あんた一応、旦那の婚約者役をやってたことは覚えてる？」

「もちろんですわ！　ちょっと調理をしたら、すぐに戻りますとも」

来客中に席を空けられる時間は、そう長くない。十分かかっては、長すぎると言われてしまうかもしれない。

どうやったら短い時間で、代わりのメイン料理を作れるか。

色々と頭を巡らせているうち、厨房《ちゅうぼう》についた。

「あれ、アメリア様、それにホセさんまで、どうされたんですか？」

このメイン料理が終われば、次はデザートで締めに入る。

コックメイドさんたちは既に料理道具の片付けに入っていたが、私はそれを止めさせてもらった。

「えっと、実はちょっとお料理の作り直しをしたいのですわ。キッチンをお借りしても？」

「……もちろん構いません。でも、そうですか。やっぱりさっきのお料理は、失敗でしたか。お出ししていいものか迷ったんですけど、なにも出さないわけにはいかないかと思って……」

どうやら、調理を担当したメイドさんも気づいてはいたらしい。

しゅんと肩を落として、私のほうに申し訳なさそうに目をやるが、別に責めるつもりは毛頭ない。

「急いでいたのでしょう？　仕方ありませんわ」

私は、にこりと笑顔を作って言う。

……が、そうだった。私の笑顔はどういうわけか、人を怯えさせるのだった。メイドさんは震える肩を抱え込み、数歩後退する。

「あんた、そんなことしてる場合じゃないだろー」

「はっ、そうでしたわね」

ホセさんの指摘は、珍しくごもっともだった。

私は咳払いを一つして気を取り直す。

「とにかく、急いで作り直しましょう！　フライパンに油を少し深めに注いで、温めておいてくださいな」

及び腰になっているメイドさんにそうお願いをし、別のメイドさんたちには追加の材料を準備してもらった。

その横で私は、エプロンを借りて着用する。

「……初めて見た、そんな格好のご令嬢」

ホセさんは呆れていたけれど、私にしてみれば、ドレスで料理をするくらい昔は日常茶飯事だった。

バンダナを頭に巻いて、きゅっと縛ったら、気持ちはすっかり料理人のそれへと切り替わる。

まず、取りかかったのは、豚肉巻きの汁気を切ることからだ。

料理皿の中からお玉で掬《すく》い上げ、布で水気を切る。

「あんた、まさか、それ使うのかい？」

「うふふ、そうですわ。まだ修正がきく段階ですもの」

新たにメイン料理を作っている時間は、どう計算してもなかった。

ならば、既に半分できているこの料理を活かすほかない。

いわば、リカバリー料理だ。

失敗したときに、どうやって食べられるものに変えるかも、節約料理術の腕の見せどころである。

追加の食材は、小麦粉、鶏卵、パン粉の三点。

これらを使ってやることなど、一つしかない。

私は手早くバッター液を作ると、形を整え直した豚肉巻きにそれを絡める。それからパン粉をつけて、油で揚げていった。

同時に、横のコンロではソース作りへと入る。

ここで利用するのは、ブラチオーレの煮汁だ。少量だけフライパンに入れ、一気に煮詰めていく。

「あ、あの、それも使うのですか……？」

調理を担当したメイドさんが、心配そうに私の手元を覗き込む。私は自信満々に頷いてみせた。

「ふふ。もちろんです。さっきは煮込み時間が足りなかっただけですもの」

「……たしかに時間はなかったですけど、もう失敗してしまったものをどうやって」

「材料は間違ってませんから、量を減らして調理時間を短縮すれば、まだまだ使えますよ！」

あとは細かな味の調整だけだ。

味見をしてみると少しワインの渋みが出ているように感じたので、私はすぐさまモモを召喚する。

メイドさんたちは一様に驚いていたが（一部は、可愛い！　と声を上げていて、モモは得意げだったけど）、どうせもうテームズ家の使用人の方々には身元が割れている。

反応は気にしないこととして、お味噌を出してもらった。マイルドな口当たりが特長の合わせ味噌だ。火を弱めて、ソースにそれを溶かしていく。

あとは、ほどよくきつね色に揚がった豚肉巻きとともに、皿に盛りつけて完成だ。

題して、『豚肉のチーズ巻きカツ　～赤ワイン味噌ソースを添えて～』である。

「うん、さすがはアメだね。それで、ボクは一本くらい食べてもいいの？」

「だめよ、モモ。これは大事なお客様に出すものよ。おうちに帰ったら作ってあげるから」

料理に目のないモモがその足を料理へと伸ばそうとするので、私は軽くはたく。

後ろから熱い視線を感じたので振り返ると、メイドさんたちとホセさんが、揃って私を見ていた。

「……本当に、十分足らずであの料理をここまで別のものに変えられるだなんて。さすがすぎるよ、あんた」

ホセさんの言葉に、メイドさんたちは揃って首を何度も縦に振る。

「さっきまでの料理と同じ具材から作ったなんて思えません」

「旦那様が虜《とりこ》にされるのもわかります、なんて見事な腕前……！」

褒め言葉が連発され、つい赤面してしまった。

が、そんな場合ではない。事態は一刻を争うのだ。

「褒め言葉はまだ早いですわ。それより！　ホセさん、すぐに食堂まで運んでくださいな！」

食堂に戻ると、ホセさんにより、既に料理が振る舞われていた。

「今戻りました。席を外してしまい、大変失礼いたしました」

私はオスカーさん、フーリンさんに頭を下げてから席につく。

とりあえず、不審に思われている様子はなさそうだ。

「おお、これまた美味ですな。外側のさくさくとした食感と、中のチーズの相性がとても素晴らしい一品だ」

快活な老人は、豚肉のチーズ巻きカツをナイフで一口サイズにしてソースをつけ、なおも食べ進める。

その様子からして、リカバリーは無事に成功したらしい。

にこにことしながら次々に食べ進めてくれるので、私はほっと胸を撫で下ろす。

が、それはほんの束の間のことだった。

「風変わりな調味料を使うと娘から聞いてはいたが……。このワインソースの優しい風味は、一体なんの調味料をお使いになったのかな？」

フーリンさんの目は、明らかに私のほうに向いていた。

あまりに自然に尋ねられたものだから、お味噌ですわ！　と自信満々に答えそうになって慌てて踏みとどまる。

「えっと、それは……な、なんでしょう。私もわかりかねますわ。わからなくても美味しいのですから、さすがはテームズ家のコックですわね。ほほ……」

困ったら、わかりません、知りません、と笑顔で逃げるのみ。

私としては、令嬢としての模範解答をしたつもりだった。

「もういい、アメリア」

しかし、オスカーさんがそう言って首を横に振るから、わけがわからなくなった。

「えっと、あなた？　なにを言っているの？」

「……少し惜しいが、その呼び方ももういい。全て、最初から仕組まれていたことだからな。料理を作り直さなければならない緊急事態も起きたから、さっきアメリアが席を外しているときに、全て終わりにしたんだ」

オスカーさんが説明をしてくれるが、なんだか抽象的で要領を得ない。

「はは。アメリアさんが辺境伯様の婚約者でないことも、今回の料理をあなたが作られたことも、私ははじめから知っていたのですよ。あなたは、『ごはんどころ・ベリーハウス』の店主さんだろう？　そこに辺境伯様が店員として出入りしていることは、この街の人なら誰でも知ってるよ。辺境伯様は有名人だからね」

フーリンさんの補足が入って、やっと事情が呑み込めてきた。

言われてみれば、そうだ。

評判のよしあしはともかく、この街にオスカーさんのことを知らない人はいない。つまり、同じ店で働く私の顔も、街の多くの人の知るところになっているということだ。

だが、問題はそこじゃない。

最初から私がニセの婚約者だとばれていた……？

お客様の前であることも忘れて、勢いよくオスカーさんのほうを振り向く。

「えっと、はじめからバレてたんですか⁉　じゃあ、この格好もする必要はなかった、ってことですか」

「……だから始まる前に言っただろう、茶番だと。俺はこんな真似をさせるつもりはなかったんだが、ホセがいい機会だと面白がってな。フーリン殿には全てを伝えたうえで、こうなった」

「いい機会、ってどの辺がそうなんですか……！」

私がオスカーさんの婚約者に扮《ふん》する機会？

たしかに貴重かもしれないいし、巷《ちまた》のご令嬢にしたらご褒美かもしれない。

けれど、辺境伯様の婚約者役なんて元男爵令嬢には荷が重すぎる。

そのうえ、別にやったところで、どうなるわけでもない。私は一料理人であり、もうご令嬢ではないのだ。

私は、ホセさんを問い質《ただ》すべく扉のほうに鋭く顔を振り向けるが、少し遅かったようだ。彼は既に姿を消している。

どうやら、雲行きが怪しいと判断して逃げ出したらしい。

だが、廊下のほうから声が届いた。

「旦那も人が悪いなぁ。たしかに、婚約者設定での会食を思いついたのは僕ですけど、アメリアさんのドレス姿が見られるなら、って最終的に断らなかったのはどこの誰ですか」

反論の声は、どんどん遠ざかっていった。オスカーさんは少し頬を上気させながらも、「まったく……」とため息をつく。

本当に、まったく、だ。

ドレス姿だけじゃない。ホセさんは今日一日ずっと、私を面白がっていた。

婚約者という肩書を意識しすぎたせいで、数日前からそわそわしたり、眠れなかったりした私が滑稽《こっけい》すぎる！

「あれ……っていうか、初対面っていうのも嘘ですか、もしかして！　実はこんな茶番に気軽に付き合うくらいお二人は仲がいいとか？」

もはや令嬢らしさのかけらもない質問を、私はオスカーさん、フーリンさんに投げかける。

すると、フーリンさんは髭《ひげ》をさすりながら、くすりと笑った。

「いいや、私たちが初対面なのはたしかだよ」

「……じゃあどうして、こんなこと――」

なおさら、わからない。出会う前から心底わかり合っていた前世の縁がある、とかそういうスピリチュアル的なこと？

――では、ないらしかった。

「ただ、娘があなたがたと知り合いでね。その縁で今回の演技に協力させてもらっただけの話さ」

娘さん？　一体誰のことだろう。

頭を悩ませたのは、ほんの少しの間だけだった。親子という視点で見れば、面影が重なる人が一人。

ささやかでありつつも愛嬌のある笑い方、そして多くが灰色になっているとはいえ橙色《だいだいいろ》の髪、それに琥珀色《こはくいろ》の瞳といえば……

「ふぃ、フィオナさんのお父様？」

「おお、それを見抜くとは、あなたは素晴らしい目をお持ちらしいな。そうとも、さっきは伏せさせてもらいましたが、私の苗字はフォルト。いつも娘が世話になっております」

的中こそさせたが、驚かないわけじゃない。

が、改めて思い返すと、たしかにフィオナさん本人から聞いていた。この街に店を構える商家の出身だ、と。

そして、あのお淑《しと》やかで、そばにいるだけで和むような雰囲気は、並の商家では培《つちか》われない。

そこでオスカーさんが口を開く。

「たまたま、フィオナ殿の父親が商談相手だったんだ。そこでホセが今回の茶番を思いついたらしい」

……なるほど、たしかに頼みやすいわけだ。

フィオナさんがお店を訪れたときに、ホセさんが今回の件をもちかけたのだろう。

お友達同士が仲良くしてくれていること自体は嬉しいが、それでこんな目にあうなんて少し複雑だ。

「本ばかり読んでいる娘でねぇ。これまでは本だけが友達だったから、あなたがたとご友人だと聞いたときには驚いたし嬉しかった。これからも仲良くしてやってもらえますかな？」

色々なことが一気に明らかになって、頭は混乱中。

まともに考えて会話ができていたかといえば怪しいが、この質問だけは迷わず答えられる。

「はいっ、もちろん！　というか、こちらからお願いしたいくらいですよ！」

全てが明らかになったあとは、むしろ気が楽になった。

デザートが出され食事の時間が終わっても、普段のお店での姿や、おうちでのフィオナさんの様子なんかの話で盛り上がり、すっかり打ち解けた。

まだ話し足りない私に、オスカーさんが耳打ちをする。

「アメリア、そろそろ商談をしようか」

「はっ、そうでした。そのために来たんでした……！　も、もちろん覚えてましたわよ！」

実を言えば、お喋《しゃべ》りに熱中しすぎて危うく忘れかけていたが、もう場の空気は十分にあたたまっていたから、話を切り出すのはたやすかった。

「あの、フーリンさん。実は私たちのお店で、キャロロというかなり辛い唐辛子を使いたいんです」

「おお、それならちょうど仕入れておりますよ。大変珍しい代物なんですが、時期がよかったですな。まだ採《と》ったばかりで鮮度も十分ですぞ」

「ち、ちなみに！　お値段のほうは……。あの、実はそこまで予算がなかったりするんですけど……」

私は恐る恐る反応を窺《うかが》う。なにか代わりの条件を提示できないかと考えるが……

「はは、これほどのお料理をいただいたんだ。代金はいりませんよ」

さらっとこう言われて、面食らう。そりゃありがたいけれど、ご厚意に甘えるだけというのもいかがなものか。

そう思っていると、代わりにオスカーさんが尋ねてくれる。

「珍しい品という話だが……。本当に代金はいいのか？」

「あれは少しでも、かなりの辛味だ。その分、使い勝手がよくないから、売り場に置いていても、ほとんどが残るのですよ。だからもらってくれるというならば、むしろ嬉しいくらいです」

こうして、なんともあっさり話はまとまった。

……終わってみれば、ホセさんがいらないことを思いつかなければ、フィオナさんづてでお願いするだけで済んだ話だったかもしれない。

予想外の出来事があったとはいえ、そして私の精神が無駄にすり減ったとはいえ、キャロロを手に入れることには無事成功した。

とすれば、次に探すべきはメインとなる食材だ。

けれど、実のところ、私は完成する料理さえ知らないのだ。

「ねぇ、ボクの言うとおりの食材を集めてよ。料理自体は、完成してのお楽しみね」

モモがそう言って頑《かたく》なに教えてくれないので、まずは言われたとおりに食材を探し求めている段階である。

次はひき肉を手に入れてほしいとのことだったが……より辛さを出せるお肉に、私は心当たりがあった。

せっかく唐辛子にこだわったのだ。ここをおろそかにしてはもったいないというものだ。

午後、私は一度お店を閉める。買い物鞄《かばん》を提げ、ロコロの表通りへと出た。

落ち着かないのは、興奮を抑えきれないから。

いつもなら、この時間はお店に張りついて、カフェメニューの提供などをおこなっている。外を出歩くことなど、めったにないことだった。

それに、今日はフィオナさんも一緒の予定だからなおさら気分がいい。辛いひき肉を買いたいと言ったところ、彼女が案内してくれることになったのだ。

前方にその姿を見つけて、私の幸せ気分はさらに盛り上がる。同時に悪戯心《いたずらごころ》までむくむく湧いてきた。噴水近くのベンチで本に目を落とす彼女にこっそり近づくと、間合いに一足飛びで入る。

「フィオナさん！　お早いですね。お待たせしてしまいました？」

「あ、あ、あ、アメリアさん……！　えっと、こんちには……」

「……また、言葉の順番が入れ替わってますわよ？　こんにちは、ですわ」

フィオナさんには、少し刺激が強すぎたかもしれない。

彼女は無駄にばたばたした挙句、今度は反動でくらくら。本に顔を埋めて、後ろの噴水へ倒れ込もうとする。

慌てて隣に座り、背中を支える。どうやら目が回っているようだ。あと、本にぶつけた額が赤い。

「だ、大丈夫ですか！　ごめんなさい、私が遊び心を出したばっかりに」

「い、いいんです。むしろ友達っぽくていい、というか、とにかくあたしは全然……。でも、驚きました、かなり」

「うふふ。噴水に落ちなくてよかったです。驚いたのならおあいこですわね。これは、この間の一件のちょっとしたお返しです」

「あ……も、申し訳ありません！　あの一件はホセ様にどうしても、秘密にしてほしいと言われまして……」

あの一件とはもちろん、テームズ家での接待において、私がオスカーさんの婚約者を演じたときのことだ。

フィオナさんは、勢いよく何度も頭を下げる。

また頭を本にぶつけそうな勢いだが、彼女は悪くない。

「冗談です。あの件のことは、気にしてませんよ。それに、フィオナさんのお父様、素敵な方でしたから会えてよかったです。そうでなくても、あの件は全部ホセさんが悪いんです！」

あのあと、その場から逃げ出したホセさんを問い詰めると、「興味本位だった、悪かった」と、まるで窃盗《せっとう》で捕まった犯人みたいにあっさり自供した。

今思えば貴重な経験だったし、別に心底怒っていたわけじゃない。

でも、それだけで許してしまうのもどうかと思って、埋め合わせに店で働いてもらうことで決着していた。

今度、ホセさんにウエイターとしてお店に入ってもらうことにしたのだ。

高すぎない身長といい、あどけなさの残る童顔といい、あの執事の仕事をする際の身のこなしといい……

きっと彼が店にいれば、おば様方はあっさり虜《とりこ》になる。

そうなったら、うちも商売繁盛まちがいなし！　とそんな皮算用だ。

さて、と気を取り直して、私は立ち上がり、後ろを振り返る。

「行きましょうか！　お肉を買いに！」

「は、はいっ！　ご案内しますね」

目的地は、街の商店街にある精肉店だ。

なんでもそこでは、牛や豚、鶏といったスタンダードなお肉だけではなく、魔物肉……ダンジョンで狩った魔物のお肉まで扱っているのだとか。

魔物肉を扱っているのは、この街ではそこぐらいらしい。

「そこは、クロケットもとても美味しいんです……。あと、チキンフライもあって、えっと、魔物ナゲットのレッドドレイクが有名で……えっと」

たぶん、これも語順は逆なのだろう。

とすれば、おそらく正しくは、レッドドレイクの魔物ナゲット。たしかに、ほかでは聞いたことがない。

そもそも魔物のお肉なんて、そうそう流通している代物ではない。

……が、冒険者をしていた貴族の方から聞いたことだけはあった。レッドドレイクは、肉そのものが辛いのだ、と。

令嬢の頃から一度食べてみたい、調理してみたい、と思ってきた魔物肉だ。

ぜひとも賞味したいが、問題は懐《ふところ》事情である。

私は鞄《かばん》の中で、お財布のひもを開け、硬貨の数を確かめる。

……うーん、心もとないっ！

お料理大会の賞金で実家にお金を返したはいいが、おかげで生活は前と変わらず質素だ。こうなったら、いつも行商さんにしているみたいに値切り交渉を……、なんて考えていたら……

「あ、安心してください、アメリアさん」

私の様子を察したのか、フィオナさんが言う。

「レッドドレイクのお肉は、高くはありません……！」

「あら、そうなんですか！」

「は、はい。聞いた話ですと、空気に晒すとすぐに傷《いた》むからこの近郊で取れたものしか使えないうえに、豚や牛よりも野性味の強い味で、人気は微妙みたいです」

「なるほど……！　となると、イノシシみたいに癖があるのかしら」

お金の心配がいらなくなったことで、恥ずかしながら、ぐっと気が楽になった。

まだ見ぬ、まだこの舌が知らぬ味がそこに！　目指せ、味の新境地！

枷《かせ》がはずれて再び軽くなった足取りで、目当てのお店へと向かう。

しかし店頭で最初に出くわしたのは、レッドドレイクのお肉でも魔物ナゲットでもない。

店のショーケースの前、かがみ込んで肉を吟味していた彼と目が合う。

あ、と言われたと思ったら、キッと睨まれた。

「お、お前は……！　隣の店の——たしか『ごはんどころ・ベリベリハウス』の……」

「『ベリーハウス』ですから!!」

びっくり、フィオナさんと声が重なる。

しかし、こんな奇跡の一致が起きても、目つきの険しい青年は笑わない。緋色の髪をかき上げ、眼鏡を押し上げたあと、そっぽを向いた。

お隣のお店にして、ライバル店（少なくとも、向こうにはそう思われているらしい）――ほのか亭の店主さんだった。

やっぱり、すごく意識されてるのよねぇ……なぜか。

「ベリーハウスか。そう言われればそんな気もしてきたわ……。たしか、アメリアやったな」

「そうですよ。『ごはんどころ・ベリーハウス』のアメリアです」

私は『ベリー』の部分を巻き舌になりそうなぐらい強調して言う。

「あなたこそ、名乗ったらどうなんです？」

「……ニノ。ニノ・ソラーレ」

あら、思ったより可愛らしい名前。

そう思ったのが、顔に出ていたのだろう。ニノさんは、また目をキッと吊り上がらせた。

「で、こんなところになにしに来たん？　俺の冷やかし？」

「違いますよ！　そんなこと考えたこともありません。私はお友達と、普通にお肉屋さんに買い物しに来ただけです」

ね？　と振り向くと、フィオナさんの姿は思ったより十歩ほど、いや、もう少し遠くにあった。

隣にあるアイテムショップの柱の陰に身を隠している。

「そ、そうです！　レッドドレイク屋さんでお肉を……」

声も小さいし、またしても語順がひっくり返っている。

どうやらさっき大きな声を出したことで、より萎縮してしまったようだ。

そんなフィオナさんの姿に、うろんな目を向けてから、ニノさんはぼそりと呟く。

「へぇ、そりゃ奇遇やな。俺と同じや。あの独特の辛味はやみつきになるからな。ちょっとしたコツはいるけど、辛味料理にはもってこいや」

「……コツ、ですか。でも実はまだ食べたことも調理したこともないんです、魔物のお肉」

「なんや、知らんとは驚いたな」

彼が口の端をニヤリと吊り上げる。ちらりと覗くのは八重歯だ。

こ、これは、また散々に言われるパターン……

警戒してしまったが、果たしてその予想は外れた。

「しゃあないなぁ。ほな教えたろか？　たしかに、魔物の肉は一流の料理人でも手を出すのは難しいっていうくらいのもんやからなぁ。臭みの抜き方とかに気をつけんとあかんのよ」

ため息をつき、渋々といった様子を装《よそお》うとしているが……

オスカーさんとは違って、如実に顔に出るタイプらしい。

その不健康なほどに白かった頬はだんだんほてっていくし、鼻息も荒くなっていく。

挙句、ずり下がってきた眼鏡を押し上げてなお彼は喋《しゃべ》り続ける。

少し自分が優位に立った途端にこれだ。でも、この調子なら謎の対立関係も終わりを迎えるかもしれない。

ほんのりとした期待はしかし、すぐに打ち砕かれた。

「あー、あの、お二人さん。盛り上がってるところ申し訳ないけど、今日レッドドレイクの肉は百グラムしかないんだ！　悪いね！」

たぶん話が聞こえていたのだろう。

ショーケースの奥、揚げもののタネを早業《はやわざ》で捏《こ》ねながら店主さんが飛ばした声が、私と彼との間を裂くようにして通り抜けた。

まだ秋もはじめなのに、枯れ葉が舞い飛んだかと錯覚するような寒々しい空気が流れる。

「……なら俺が先に来てたわけやし、俺がもらうべきやな」

沈黙の末に、ニノさんがそんなふうに呟いた。

「まだ注文してなかったんですから、言いっこなしですわよ！」

「いいや、俺のもんや！　俺が先にショーケースの前におったんはたしかやし、お前が来なかったら確実に俺がだなぁ」

いがみ合う私たちに、店主さんが割って入る。

「ちょっとお客さんたち……」

声をかけられ、はっとする。

店を持つ身でありながら、人様の店舗で騒いでしまうなんて、失礼だしご迷惑極まりない。商売の邪魔になってしまう。

さすがに一時休戦だ。

ニノさんともども頭を下げる。けれど店主さんは仁王立ちで腕組みして、そうじゃないとばかりに首を横に振った。

「いやいや、どうせ張り合うなら、二人でうちの宣伝をしてくれないかな？　店の近くでクロケットを美味しそうに食べてくれ。その結果、お客さんを多く集められたほうにレッドドレイクの肉を差し上げよう！」

代わりに持ちかけられたのは、想像もしなかった提案だった。

クロケットとは、ホワイトソースとひき肉などの具材を混ぜ合わせたタネに、衣をつけて揚げたものだ。店主さんいわく、自信がある商品だからもっと宣伝したいとのこと。

私とニノさんは向かい合い、目をぱちぱち瞬《またた》かせる。

次の瞬間、ニノさんが眼鏡の奥の目をすがめた。

「まぁ俺の勝ちは決まってるようなもんだけど？　やるっていうなら、俺が断る選択肢はないなぁ」

まだ短い付き合いだけど、なんとなくわかってきたかもしれない。

ニノさんは勝負事となると、熱くなってしまう人らしい。たぶん、引いてはくれない。

彼はポケットから髪紐を取り出し、少し癖のある髪を額の上でまとめる。前に店で見た髪型と同じだ。

彼にとっては気合を入れるための儀式みたいなものなのだろう。

さらには袖もまくり上げて、勝負する気満々だ。

「ベリーハウスの人、どうすんの？　棄権すんなら今のうちだぜ。俺がひょひょいのひょいで勝つからな。二人でかかってきてもええよ」

「……ひょひょい？」

自信満々なのも気にかかったが、なにより、その妙な響きが引っかかる。

「あ、揚げ足を取るな！」

彼は少し頬を赤らめたあと拳を握りしめると、眼鏡の奥の赤色の瞳をぎらりと光らせた。

彫りが深く目鼻立ちのくっきりとした顔をしているせいか、威圧感がある。

……実際、フィオナさんはさっきから柱に隠れっぱなしだ。

けれど、さっき魔物肉の下処理について得意げに話しているのを聞いたせいだろうか。私からすれば、そこまで怖くない。

例えるなら、そう、猫が威嚇しているみたい。ちょっとほっこりとさえしてしまう。

「……んー、どうしましょう」

私は、フィオナさんのほうをチラリと窺《うかが》う。

そりゃたしかに魔物肉を求めて来たのだけど、私としてはフィオナさんとのお買い物やごはんも楽しみだった。

その彼女が怖がっているのに、こんな勝負を受けて立ってはいけないだろう。

辛味肉なら、また後日でも構わない。

「そういうことなら、残念ですけどご辞退しま――」

言いかけたのだけど、ここでフィオナさんが割って入ってきた。

顔のパーツを目一杯、真ん中に寄せて、ウエストの絞られた絹製のスカートの裾を握り、振り絞るように言う。

「あ、アメリアさん！　や、やりましょうっ。お肉は絶対欲しいでひゅしっ……！」

噛んだ、思いっきり噛んだ。

舌が痛むようで、そのまま口を押さえる。

心配だけれど、指摘すると恥ずかしがるだろうから、そこには触れない。

「フィオナさん、どうしてそこまで？」

「あたしを頼ってくれたのに、肝心のお肉を手に入れられないなんて嫌です。それに、アメリアさんの激辛料理は、あたしも楽しみにしてますから……！　だ、だから、その勝負やりましょう！」

私の料理を食べたいという思いで勇気を出してくれたのだという。

そんな姿を見せられたら、消した心の火も再び灯るというもの。料理人としても友人としても、応えないわけにはいかないわね！

「そういうことなら、受けて立ちますわ！」

私も袖をまくって、バンダナで髪をまとめる。

そして胸を張って、一歩前へと出たのであった。

そうして始まった即席の食リポ対決であったが、始まってすぐはニノさんの優勢が続いた。

「おぉ、ニノくんか！　こんなところでなにをやってるんや？　店はどうしたんだ？」

「あら、ニノちゃん〜。ひさしぶりねぇ、大きくなったわね」

彼が少し声を張っただけで、ご老人たちがぱらぱらと集まってきたのだ。

私のほうは声を張れど、振り向いてくれるだけ。すぐに行ってしまう。

運悪く、顔馴染みの方は近辺にいないらしい。私の声がむなしく通りに響く一方で、ニノさんは順調だった。

「このクロケット、かなり美味しいから少し宣伝させてもろてるんです。せっかくやから二人も食べていってや」

「あら、そう？　可愛いニノちゃんに頼まれたら断れないわね。お小遣い代わりに買おうかしら」

「お、お小遣いって！　俺はもう二十歳や！」

家族の分も含めて、二桁以上の数のクロケットだけでなく、豚肉などもかなりの量を買っていく。

ご老人方が去ったあとニノさんの口から八重歯が覗いた。むふ、と堪えきれなくなったみたいに息が漏れる。

「うちの死んだ婆さんは、昔この街で料理屋しよったからなぁ。知り合いは多いんよ」

「そういう理由でしたのね……。でも、それってずるじゃなくって？」

「せやから、そっちは二人での宣伝も認めたんや。言いっこなしや。ま、今回は相手が悪かったと思うことやな。レッドドレイクの肉は俺がもらうで」

「……ひょひょいと？」

「そ、それは、もう掘り起こさないでええやろ！」

そう言って彼は、宣伝用に揚げてもらったクロケットにかぶりつく。

「うん、美味いな。ベシャメルソースがなめらかで、食感がええな。俺が子どもの頃は食われへんかったけど、値段も安いし、子どもでも買いたくなるで」

宣伝も中断して、もはや余裕の態度だ。近くを通りかかった子どもを見ながら、ししっと笑う。

普通にクロケットを楽しんでいる……！　まるで食べ歩きをしている人みたいだ。

「こういうのは往々にして、手を抜いたほうが負けるんですよ！」

しかし、私もフィオナさんに勇気をもらったばかりだ。

挫《くじ》けることはありえない。私は店の中に向かって声をかける。

「あの、すいません。クロケットを三つ、袋に入れてくださいな！」

「三つも宣伝に使うのかい？」

「まぁまぁ、変な使い方はしませんから安心してください」

不思議な顔をされはしたが、店主さんは揚げ立てを三つ、快く用意してくれる。

それを受け取った私は、首を傾げるフィオナさんの手を引いて、まずは裏路地へと駆け込んだ。

「はんっ、なんや逃げただけかいな。勝たれへんから、食うほうに逃げんのか？　ま、クロケットをもらえたことに感謝して、よく味わうんやな」

ニノさんから煽り文句が投げられるが、一旦は無視する。

なぜなら、私には私にしか使えない秘策があったからだ。

「アメリアさん、こんなところでなにを……？」

「ふふっ、相棒を呼びますのよ。ちょっと、私を外の通りから隠してもらえます？」

「なるほど、それならたしかに……！　わかりましたっ」

作戦を理解してくれたフィオナさんが私の前に立ち、こちらを向いて大きく手を広げる。

私は軽く腰を折ると、その陰に身をひそめ、精霊獣召喚をおこなった。

もふっと宙を舞うのは、しっぽを垂らした可愛いわんこ。私は手を合わせ、片目を開けて懇願する。

「モモ、ソース！　あの甘いやつとちょっと辛いやつと、とにかく色々お願いっ！」

「……アメ、こんな路地裏でなにさ。ボクは持ち運び調味料屋さんじゃないんだよ？」

「わかってるわよ、神聖な精霊獣様よね。異世界も経験してて知識が豊富で可愛くて、とにかく色々！　私が一番知ってる」

おだててやると、彼の折れた耳がぴんと立ち上がる。

「うん、すごいですよね、モモさん……！　色々な調味料を作れるなんて、えっと、めっちゃ憧れますっ！」

さらにフィオナさんからもお褒めの言葉をもらって、今度はしっぽまでぴんと立ち上がった。後ろでふりふりと心地よさげに揺れている。

となれば、畳み掛けるのみ！

今は調子に乗らせてあげないとね。

「ご褒美もあるわよ、ほら！　とろーり美味しいクロケット！」

「……要するにクリームコロッケかぁ。ボクは厳しいよ。美味しくない食べ物の宣伝にボクの調味料はあげられないなぁ」

完全に評論家顔の彼に、私は揚げてもらっていたクロケットの一つを手渡す。

するとモモは目を丸くしてからすぐそれにかじり付き、あっさり陥落してくれた。

「そこまで言うなら仕方ないなぁ。ソースだね？　ソースなら色々あるよ。ウスター、中濃。あ、クリームコロッケならほかにもねぇ……」

モモが提案した食べ方は、うん、たしかに魅力的だった。それなら、この状況からでも逆転勝利ができるかも！

「あぁもう最高ね、それ！　じゃあモモ、今あげた全部の調味料たっぷりお願いっ！」

「ふふん、任せてよ。なにせボクはとってても優秀だからね」

モモはクロケットをぺろっと食べ終えると、深めの小皿にのった各種調味料を生成する。

気が利くことに、お盆まで出してくれた。

だが、口の周りは衣だらけ、しかもベシャメルソースまでお髭《ひげ》に絡まっている。

「あら、モモったら。またついてるわよ」

「ご、ご愛嬌だよ。少し抜けたところがないと可愛くないでしょ？」

どっちにしても可愛いんだけどね？

言ったら調子に乗りすぎるので、ここは黙って、彼の口をハンカチでぬぐう。それから召喚を解いた。

「行きましょうか、フィオナさん！　このお盆、お持ちいただいても？」

「はいっ。持ちます、大事に！」

私はクロケットの袋、フィオナさんは調味料を抱え、ある種の戦闘態勢。

二人で大通りへと戻る。

近くにあったベンチに座り、間に調味料が載ったお盆を置いた。そして、それぞれ一つずつクロケットを手にする。

「ん、なんだ？　この甘い匂いに、がつんと胃にきそうな香りは……」

この時点で、既に通行人たちの興味を引いていたが、真の力を発揮するのはこれからだ。

私はクロケットを半分に割ると、まずはその断面に中濃ソースの小皿を傾けて、とろりと垂らす。

真っ白の断面がまっ茶色にどろりと染まったら、ぱくりと一口。

その横ではフィオナさんがウスターソースをかけて、頬張る。

これだけで効果は抜群だった。

やっぱり、この食べ方はベストだ。揚げ衣に、ソースがじゅわじゅわとしみ込んで、たまらない。

衣はさくさく、そして内側はとろりと濃厚なのだから、色んな味の変化を楽しめる。

そしてそれは、道ゆく腹ぺこな方々にも届く。

「……な、なんだ、あの美味そうなのは。クロケットってあんなに美味しそうな料理だったっけか」

「お父さん、僕あれ食べたい～」

大人から小さい子まで、みんながその足を止める。

「今買ってくださった方には、ソースをお分けします！」

その提案が決め手になった。

次々と肉屋さんに人が流れていく。

一気に形勢逆転だ。それを見たニノさんが露骨に焦り始める。

「なっ、調味料を持ち歩いてたのか⁉　ずるいやろ！」

「言いっこなしって、さっきあなたが言ったのですよ？　ふふ、これでおあいこですわね」

しれっとこう答え、私は手元のクロケットを見る。

いつのまにか、残り一口になっていた。

となれば、ここまで残していた秘密の調味料の出番だ。フィオナさんと示し合わせたのち、私は白い粉を一つまみ、クロケットの上にまぶす。

それがなにかは、ニノさんも匂いでわかったらしい。

「…………が、ガーリックペッパー⁉」

そう、大正解だ。

甘くて優しいお味のクロケットに、ガツンと刺激的なパウダーがかかれば……

「「ん〜‼」」

これがまた最高に合うのだ。

隣のフィオナさんと声が揃う。

もう我慢ならなくなって、残りは一気に口の中へと押し込んだ。

あふあふと舌の上で転がし旨味を味わいつつ冷まして呑み込む。

「そんなのって、あかんやろ……！」

「なにもダメなところなんてないですわ。これも楽しみ方の一つです」

貧乏男爵家出身の私にすれば、一つのおかずでここまでの味変を楽しめることも、クロケットが好きな理由の一つだ。

もちろん中のタネをマッシュしたじゃがいもに変更したコロッケも大好きだし、肉肉しいメンチカツも好きだ。これらはモモに教わった料理である。

手間こそかかれど、材料費が安いことも含めてクロケットは庶民の味方なのだ。

けれど、なおもニノさんは「いいや、あかん」と言い募る。

「もう、なにが不満なんですの？」

「………いや、不満とかやなくて……。その、なんや。もう、あかん。耐えられへん……！　お、俺もそのソースとやらもらえへんか」

「む。だめですよ、これは私たちの宣伝のために使うんですから」

「そうやなくてやな！」

ニノさんはがしがし頭を掻くと、顔を真っ赤にする。

心底悔しそうに唇を噛み、でも最後は潔《いさぎよ》く頭を下げた。

「単に、そのソースでクロケットを食ってみたくなった。俺の負けでえぇから、頼む！」

まさかの早期決着であった。

私とフィオナさんは、すぐに目を見合わせる。

「やりましたよ、フィオナさんっ！」

「よ、よかったぁ……！」

あとの展開はもう読めていた。彼女はとにかく涙もろいのだ。

予想どおり彼女の瞳にうるりと涙の粒が浮かんだので、すかさずハンカチを差し出す。そして、私はニノさんににこりと笑いかけた。

「そういうことなら、いいですよ、もちろん。みんなで食べたほうが美味しいですから」

「…………あんた、思ったよりいい奴だな」

「ニノさんこそ、美味しいもののためなら正直になられるところ、好きですよ。あ、ほら、早く買いに行かないとなくなりますわよ？」

騒ぎになっているのを聞きつけて、とりあえず並んだ人もいるのだろう。

お肉屋さんには、いつのまにか人が殺到していた。

あの人数がソースを使ったら、いつなくなってもおかしくない。

ニノさんはすぐに行列へと加わった。

私たちがクロケットを買った人たちにソースをかけていると、彼が戻ってくる。

紙袋を突き出されたので中を覗くと、茶色の揚げ物が二つ入っていた。

「ソースもらう分の礼や。魔物ナゲット、食うてみ。ミンチにして揚げたんも刺激的やから」

そっぽを向きながらつっけんどんに言い、ん、と袋を突き出してくるから私は思わず噴き出してしまった。

「な、なんやの。急に笑って」

「いえ、なんでもありませんわ。こっちの話です。ありがとうございます」

やっぱりこの人はわかりやすい。

言葉や態度と、その内心はそっくり裏返っているのだ。

フィオナさんと三人、並んで魔物ナゲットを食べる。

今日偶然会ったときには想像もしなかった状況だけれど、これで今度こそ、お隣さんと仲良くやっていける。

そう希望を見出していたのだけど……

「辛いもんにはあえて、甘いソースをかけて甘辛くして食べるのが理想や！　こっちのが美味かった！」

「いーえ、辛いものにはやっぱりさらにがつんとガーリックが一番でしたわ！」

「いやいや、それも美味いけどなぁ」

なぜか、最後には結局言い争いに発展してしまった。

「えっと、いい仲ですね、お二人は」

フィオナさんがお上品に口元に手を当てて、苦笑している。

「「よくない!!」」

と声が重なった。

「というかフィオナさん、またひっくり返ってますよ！　『いい仲』だと大間違いすぎです。せめて『仲がいい』って言ってくださいな。それに、仲良くないですし！」

「ほんまそのとおりや！　喧嘩するほど仲悪いってことや！」

ベンチでの言い合いが、また騒々しさを増す。

それを止めたのは、またまた肉屋の店主さんだった。

「いやはや、すごい宣伝効果だったよ！　大売れだ！　お二人さん、明日からもここで宣伝担当として働かないか？」

嬉しいことだけれど、私もニノさんも店を持つ身だ。

ここは一致団結して、断りを入れる。

店主さんは冗談だと笑い飛ばすけれど、その目は本気で残念そうにも見えた。

その後、約束どおりレッドドレイクの肉を譲ってもらう。

これにて、ひとまず勝負には決着がついたのであった。

◇

「ついに揃ったわね……！」

発掘したレシピから作ったお豆腐、フーリンさんからいただいた世界一辛いと噂の唐辛子・キャロロ、それにレッドドレイクの肉――

それらの食材たちを調理台の上に並べた私の頬は、ついつい緩む。

さまざまな苦難を乗り越えた末、やっとのことで手にした食材たちだ。

眺めているだけで既に達成感があるのだけど……いけない、いけない。

私のお仕事は食材を集めることだけではない。あくまで料理である。

さっそく調理に取りかかろうと厨房《ちゅうぼう》の収納を開け、置かれている調理器具に目を通したあと、私は後ろを振り返る。

「ねぇモモ、これでなにを作るんだったかしら。とにかく辛いものってのは、わかるんだけど」

そういえば、一番大事なことを確認していなかった。

ふよふよと空中を漂う相棒は、ボリュームのあるしっぽを一度振ってから、私の肩上に着地する。

その口元から漂うのは、ケチャップの匂いだ。

現在の時刻は、朝の九時。さっき朝ごはんにオムライスを食べ終えたばかりだから無理もない。

「あ、そういえばまだ教えてなかったね。今回作るのは、中華料理といえばこれ！　っていう定番のメニューだよ」

「中華……ってことは、唐揚げとかと同じかしら。たしかに油淋鶏《ユーリンチー》とかは、辛みがあるものね」

中華料理。もとは国の名前が由来らしいけれど、それはあくまでモモが前にいた世界のお話だ。

私には、その特徴しかわからない。

「まぁ、そんなところだね。でも、今回のはもっと刺激的なお料理だよ。その名も、麻婆《マーボー》豆腐！」

聞きなれない発音に、私がそっくりそのまま「まーぼー？」と首を捻れば、モモは得意げに、『マーボー豆腐』がなんたるかを語ってくれる。

初めて聞く名前の料理であったが、作り方自体はとても簡単だった。

モモに教えてもらい、まずは材料の下処理や調味料の準備を進める。

ここでも、彼は大活躍であった。

豆板醤《トウバンジャン》や甜面醤《テンメンジャン》、山椒《さんしょう》といった、中華料理によく使う調味料を生成してくれる。

そうして準備が整ったら、いよいよ調理開始だ。

まずフライパンに油を引き、ひき肉にしたレッドドレイクの肉を炒めていく。

色が変わり始めたら、辛味調味料に加えキャロロや酒なども一気に投入！　まんべんなく味が染みわたるよう、まぜながら炒めていく。

もちろん強火で、手早くやるのが中華の鉄則だ。だが、それを阻む要因もあった。

「……う、目が痛いかも」

「アメ、ボクもだよ。でも我慢だよ、これは必要な犠牲なんだ、たぶん」

キャロロを入れてから、一段と痛みが増した。世界一の辛さは伊達《だて》じゃない。

油で炒めると、そこから立ち上った蒸気だけで、肌がぴりぴりするし、目には涙がにじむ。今だけでも眼鏡をかけていたほうがよかったかもしれない。

だが、調理が困難になればなるほど、やる気が出てきた。

まだ食べてもいないのに、辛さが伝わってくるのだ。

これならば、辛党のミレラさんもきっと満足してくれる一品になるに違いない。

そして、気の乗らない浮気調査にも前向きになってくれるはずだ。

お客様の喜ぶ顔が一番のご褒美！

その一心で私は痛みを乗り越え、流れる涙を袖でぬぐいながら調理を続けた。

鶏ガラから作った出汁《だし》を入れ、予《あらかじ》め茹でておいたお豆腐と合わせて、さらに炒めていく。

激しい蒸気を上げながら、ふつふつと煮立つ赤い出汁《だし》は、まるで火山が噴火しているかのよう。

その色が濃くなってきたら仕上げにとろみをつけて、出来上がりだ。

「……うすうす気づいてたけど、かなり赤いかも」

白い皿に盛りつけると、その強烈な色味はなおのこと強調される。もともと真っ白だったお豆腐も、今や黒黒しい赤色と一体化していた。

そして、強烈なのは見た目だけではない。

鼻を刺すような匂い、目を刺激する湯気と、なにもかも主張が激しい。

本能的に危ない代物だと感じるのだけど……しかし不思議なことに、食欲も湧いてくるのだ。

唾を呑み込み、まずは立ったまま試食をしてみることにする。私としては控えめに、軽くスプーンで一さじ掬《すく》って口に含んだ。

「あ、アメ、そんなに食べて大丈夫？」

モモが心配そうに私を覗き込むけれど、もう遅い。

私は既に、その刺激的な味をしっかりと舌で味わっていた。

「うん、結構いけるわね！　お豆腐の食感もいい感じ！」

最初の感覚としては、ちゃんと出汁《だし》の旨味もきいていて、美味しいと思った。

「まぁいくら辛いといっても、食べられないようなものが売られるわけがないですもの。うんうん、これはこれで旨辛《うまから》い……って」

なんだこんなものか、なんて少し気を抜いてしまったけれど……それが失敗だったらしい。

「か、から～っ!!」

潜《ひそ》んでいただけで、辛くないわけがなかったのだ。

油断したところを、ぐさりと刺された。

舌がぴりぴりと、いいや、びりびりと痺れてくる。それが痛いのなんのって！

口の中のあらゆる場所がひりひりと痛む。口内を細い針で断続的に刺されているみたいだ。

口を開けて、はふはふと空気を送り込む。が、もはや空気にすら辛味を感じてしまう。

「ほらー、言わんこっちゃない。ボクは遠慮しておこうかな、早くこれを飲むといいよ」

暴力的な辛さに打ちのめされて、しゃがみ込んでいたら、モモが水を用意してくれた。

はしたないとか言っていられる状況じゃない。

それをがぶがぶ飲んでいたら、りんっと裏手の扉に括《くく》り付けていたベルが鳴った。

「アメリア？　なにをやっているんだ」

……とんでもなく恥ずかしいところを見られてしまった。

それもよりによってオスカーさんに。

うー、このままうずくまっていたいかもしれない！

そうは思えど、私は立ち上がり、恐る恐る彼を窺《うかが》う。

つっと、その整いすぎた顔が真正面に来る。

「唇が腫《は》れているな。なにがあった」

喉が痛んで思うように声が出ず、私はそれに答えられない。

「どこかで転びでもしたのか？　……この家はなにかと手狭だから、やはり危ないだろう。俺が手配するから少し改装をするというのは――」

話があらぬ方向に飛んでしまった。

このままでは、どんどん誤解されてしまう。というか、改装を手配してもらうなんて、もってのほかだ。

「い、いえ、その……」

なんとか口を開くが、辛い料理を食べて唇を腫《は》らしたと言うのも少し恥ずかしくて、無言でマーボー豆腐を小さく指さす。

「なるほど。これを食べて、そうなったのか……？　やけに赤黒いな、この豆腐は。もしかして、例の世界一辛い唐辛子を使った料理か」

精一杯の意思表示として、私は何度も頷く。

同時に危険な代物だと伝えたつもりだったのだけど、ここで余計な悪戯心《いたずらごころ》を出す精霊獣様が一匹。

「オスカーも食べてみるといいよ。アメが作ったお料理だからね」

こら、モモ！　と怒ろうにも声がうまく出てくれないから、困りものだ。

その隙にオスカーさんがスプーンを取る。

そして、まったく躊躇《ちゅうちょ》なく口へと運んでしまった。

「……あ」

「ん、どうしたのだアメリア。うん、やはり君の作る料理は斬新で面白いな。それに刺激的で、まるで喉を刺すみたいな――」

と、まさにテンプレートの感想を述べる。

そして、ここからの展開も、テンプレートどおりだった。

オスカーさんは言葉をそこで途切れさせると、一度こほんと咳き込み、くるりと背を向ける。

「………美味しいよ、とても」

絞り出された声は、いつもの美しい声音とは違い、かすれていた。

しかも、耳の裏まで真っ赤だ。

そういえば、オスカーさんは細かい材料の違いまで見抜けるくらい繊細な舌の持ち主である。

辛いものにも敏感に反応してしまったのかもしれない。

私は慌ててグラスに水を注ぎ、朝オムライスを作る際に残った白米を茶碗によそって彼に差し出す。

すると、彼はかなりの速さで掻き込んでいった。

余裕のないオスカーさんを、こんな状況で見ることになろうとは……

けれど、さすがは一流貴族である。

彼は咳払い一つで余裕を取り戻し、その手に握られたスプーンを再びお皿へと差し込んだ。

「辛い。辛いがしかし、不思議と手が止まらなくなるな……」

「わかりますけど、本当に大丈夫なんです？　私の作ったものだからって無理して食べなくても……」

「ああ、本当だ、無理をしているわけではない。米があれば、いくらでも食べられる気がする」

そっか、その手があったわね！　気づいてしまったら、試さないわけにはいかない。

白米をお椀に盛ったうえでもう一度、激辛マーボー豆腐に手をつける。

すると、たしかにこれがいけるのだ。

痛烈な辛さとその奥にある確かな旨味によって、お米が次々に進む。これが残りごはんでなく、炊き立てだったと考えたら恐ろしいほど。

朝ごはんを食べてからまだ一時間ほどだが、関係ない。

そんな私たちの食べっぷりに触発されたのだろうか、少ししてモモが言う。

「ボ、ボクも食べてみようかな……」

こうして、私たち二人と一匹は、激辛料理に舌鼓《したつづみ》を打つ。

辛い辛いと呻き苦しみながらも半ば取りつかれたみたいにマーボー豆腐を食べている姿はたぶん、傍から見たら異様だったに違いない。

「……なにやってんですか、旦那もあんたも」

遅れて店に来たホセさんは、目を点にしていた。


その後、なぜか食べ進めてしまうこの感覚をわかってほしくて、ホセさんにもマーボー豆腐を勧めたが、彼は絶対無理だと首を激しく横に振った。

「僕、本当にダメなんだよ、こういう見るからに辛い食べ物！」

「あら、そうでしたか」

「あらもなにも、そうだっての。そもそも赤い食べ物で好きなのは、イチゴとりんごだけだ。モモちゃんの出してくれた一味でも無理なんだ、唐辛子なんかマジで無理！」

ホセさんは少し匂いを嗅いだだけで軽く咳き込んでいる。

そういえばこの人は、パンケーキを山ほど平らげる、極度の甘党だったっけ。

逆に辛いものには、まったくと言っていいくらい耐性がないらしい。

「ホセはトマトも生では食べられないからな」

オスカーさんが付け加えた情報を含めて考えると、至る結論は一つだ。

……うん、これぞ、子ども舌！

「なぁあんた、今失礼なこと考えてたろ？」

「え、口に出てました⁉」

「出てないけど、顔に書いてあるっての。悪かったよ、子ども舌で！」

私の心の内を完璧に見透かして、ホセさんは拗《す》ねたように口を尖らせる。

そのままそっぽを向かれてしまったので、機嫌を直してもらうため、作り置きのプレーンクッキーを彼の手に握らせた。

今日は、ウエイターとして働いてもらう予定だ。

オスカーさんの婚約者を演じた一件の償《つぐな》いとはいえ、手伝ってもらうことには変わりない。

ご機嫌は取っておきたかった。

「……ま、まぁ、もらっておくけど」

ホセさんがクッキーを受け取る。

そしてすぐに一枚をくわえ、満足げに頬を上気させた。

この単純さも含めて、やっぱり子どもみたいだ。子を持った経験など当然ないけれど、なんとなく母親気分。

私はお鍋に残ったマーボー豆腐を皿に移しながら、それを見る。

ほのぼのした気分だったけれど、小さな問題も発生していた。

「残りはどうしようかしら」

一人前にも満たない程度の量が、余ってしまったのだ。

私もさすがにもう入りそうにない。オスカーさんはいまだに顔が赤いから、やめたほうが賢明だろう。

「そうだ……！」

少し考えて、はっと思いついた。

私はオスカーさん、ホセさんに店番をお願いして外に出る。

エプロンをつけっぱなし、しかもサンダルで外出したのは、目的地がすぐそばだからだ。

「ごめんくださいな！　ニノさん、私です、『ごはんどころ・ベリーハウス』のアメリアです！」

ほのか亭の店舗の裏口に回って、こう声をかける。

そうして待つこと少し、扉が静かに開けられる。

そして、むすっとした顔のニノさんがいかにもだるそうに出てきた。

「ベリベリハウスの……」

ここまでは想像どおりだ。なにも、にこにこ来客用の笑顔なんて期待していない。

ベリーハウスと言ってくれないことも、まぁ大目に見る。

「今日は妹さんが対応するんじゃないんですね？」

「おう。ちょっと仕入れに出とって、いないからな。仕方なく俺が返事しただけの話や。んで、なんの用？　しょうもない用やないやろな？」

「しょうもなくないですわ！　この間譲ってもらったレッドドレイクのお肉でお料理を作ったので、お裾分けをと思ったんです。ご近所さんですから」

「おお、もう使ったんか。うお、しっかし禍々《まがまが》しい色してんな……。ぱっと見た感じじゃ、食べ物には見えへん」

私が皿を差し出すと彼はそれを受け取り、まずはじろじろと観察する。

「面白そうやん。とりあえず、ありがたく受け取っとくわ」

そう言って中に引っ込もうとしたのだけど……『今この場で感想が知りたい！』という内なる思いが私の視線から漏れ出てしまっていたらしい。

彼は閉めかけた戸を再度開き、その場で一口食べてくれる。

「この白いのは、豆を固めたやつか？」

きたのは、意外な感想だった。

てっきり辛さに言及してくるのかと思えば、お豆腐のほうときた。

たしかにこれも見慣れない食材だろうが、普通ならばそちらは気にならないくらい辛い。

「そうですけど……、えっとそれより、辛くないんですか」

「まぁな、辛いのは結構得意やから」

ふふん、と鼻にかけたようにひと笑いしてから、彼は少し声のボリュームを落として続ける。

「それに、かなりの辛味やけど、ちゃんと旨味もあったからな。レッドドレイクの肉もいい味出してる。ちょっと旨味を強めれば、一般受けもしそうや。変わった料理やけど、味はたしかやな」

どうやら褒めてくれているらしい。

しかも、さすがは料理人さんである。的確なご意見なのだから、助かるったらない。

これは、今度こそ仲良くなれるのでは……！

そんな何回目かの希望を抱いたのは、やっぱりほんの少しの時間だけであった。

「ま、俺ならもっと辛くて美味いもん作れるけどな」

と、またしても張り合ってくるではないか。

ニノさんはその場でマーボー豆腐を全て食べ切ると、皿を返してくれる。

それからキッとこちらを睨み、「絶対負けんからな！」と言い残すと、今度こそ店の中へ引っ込んでしまった。

ほのか亭の開店初日、お祝いを持っていったときと同じだ。

ぽつんと取り残された私は、空になった皿をしばし見つめる。

ただあのときと違うのは、私がニノさんの人柄を少しだけ理解していたことだ。

「……要するに認めてくれたってことね！」

ニノさんはきっと、本当に気に入らなければ、一口でスプーンを置いている。

つまり気に入ってくれたのだと、むしろ肯定的に捉えることができた。

あの厳しいニノさんから、高評価をもらえたこともあり（少なくとも、私はそう受け取った！）、少し調子づいた私は、その日の夜、さっそくマーボー豆腐をお店で提供することにした。

辛さを抑えた上で、どの程度評価してもらえるのか素直にお客様のご意見を聞いてみたかったのだ。

とはいえ、好き嫌いの分かれそうな一品である。辛さの問題だけではなく、山椒《さんしょう》の鼻を抜けていく感覚や、お豆腐の柔らかすぎる食感が苦手な人も多そうだ。

そのため、お品書きに一行書き加えるにとどめた。あえてアピールはしない。

唐揚げや生姜《しょうが》焼きといった定番メニューの中で埋もれてしまうかも？　と思っていたのだけど……

「アメリアちゃん、じゃあ私はこのマーボー豆腐にするよ」

常連の一人である初老の紳士さんは、メニュー表を一瞥《いちべつ》するや、すぐに注文を決めた。

願ったり叶ったりなのだけど、一応確かめることとする。

「ええと、どんなメニューかも聞かずに、いいんですか？」

「ああ、知らないメニューだからこそ頼んだんだよ。それに、アメリアちゃんの作る料理は、どんなものだろうが美味しいじゃないか」

「でも、好みに合わないってこともありますわよね」

「はは、それはそれだよ。でも常連になってから半年、ベリーハウスには何度も好みを変えられているからね。苦手だったものを好きになったこともある。この歳になっても、新しい発見をできるなんて嬉しい限りだよ。今日だって、すぐに気づいたよ。新しい料理があるってね」

老紳士さんはそう笑って、やはりマーボー豆腐の選択を変えない。

どうやら私があんまりに奇天烈《きてれつ》な料理を連発するから、彼はむしろ新しい料理を求めるようになったらしい。

そしてそれはつまり、私の腕を信用してくれているということでもある。

そうでなければ、正体不明の料理を即決などできまい。

思いがけず、胸をじ～んと熱くさせられた。

少し遅れて、オーダーの続きを尋ねる。

「えと、じゃあ辛さはどうされます？　唐辛子の量を変えられますわ」

「じゃあ、普通でお願いするよ。楽しみだなぁ、今回も」

「ふふ、後悔はさせませんわよ！」

自然と気合の入った私は、鉄鍋を振る気満々で厨房《ちゅうぼう》へと入る。

そこへ、それぞれ別のお客様に注文を取りに行っていたオスカーさん、ホセさんの二人が戻ってきた。

……あら、うちの店員さんたちはなんて美形なの！　そして、制服がよく似合うこと。もしかしたら、二人の容姿だけでお客様を呼べるんじゃないかしら。

なんて、今さらすぎる感想を抱いていたら――

「アメリア、一卓の客もマーボー、辛さ普通だそうだ」

「カウンターの二人も同じのを一つずつだってさ。一つは唐辛子多めで！」

まさかの三連マーボー！

見ると、皆様何度か訪れてくれたことのある方ばかりだ。

カウンター席にいる身なりの立派な男性は、たしかロコロの冒険者ギルドのギルド長さん。それからその隣に座る若い冒険者の方も、前に訪れてくれたことがある。

たしか、出汁《だし》茶漬けを提供したときだ。

嬉しく思いながら豆腐を手のひらの上で賽《さい》の目状に切り出し、白ネギをみじん切りにする。さらに片耳でカウンターの二人の話を聞く。

「今日追加された新メニューに出会えるとは、最高の気分だよ」

「ええ、まったくですギルド長。マーボーなど聞いたことがありません。豆腐という材料は耳にしたことがありますが」

「ほぉ。それはほかの街での話かな？　ロコロではないだろう。まぁ冒険者ならば、さぞかし色々見て回っているよね」

「いいえ、そういうわけじゃ。単に、このお店で豆腐を使った料理……たしか『ひややっこ』だったかな。そんな名前の料理を食べたと妻に聞いたんです。食べすぎたから苦しいとかって、すぐに部屋へ引っ込んでしまいましたけど」

その発言に私は包丁を握る手を止める。

豆腐を提供したのは、今のところ一度きりだ。

それも、食べすぎというほどの量を平らげたのは一人しかいない。

まな板を打つ音がやんだからか、ギルド長さん、冒険者さんの視線が厨房《ちゅうぼう》の中にいる私へと向けられる。

目が合って、しっかりその顔を見たことで、なおはっきりと記憶が蘇《よみがえ》ってきた。

たしか、この冒険者さんは『鯖《さば》に思い入れがある』と言って、鯖《さば》の茶漬けを頼んでいたような……

ここまできたら、もうほぼ間違いない。

「もしかしなくても、ミレラさんの旦那様ですか？」

勢い、私はカウンターの窓から首をにゅっと伸ばして尋ねる。

「……えっ、そうですけど。店主さんは妻のこと、ご存じなのですか？」

「そりゃあもう、よく通ってくれてますから！」

やっぱり、そうだった。

これぞ奇縁というべきかもしれない。

『ごはんどころ・ベリーハウス』では現在、お酒の提供はしていない。

そのため、お酒を嗜《たしな》む方は、食べ終わると別の店へはしごするのが通例だ。

例によって、ギルド長さんはそのつもり満々だったようだが、私は無理を言ってミレラさんの旦那様――リュードさんをお店に引き留めていた。

「これから飲みに行くつもりだったんだけどなぁ」

ギルド長さんは、若干不服そうにしていたが……

「ギルド長よ。飲むなら酒ではなく、俺の要求を呑むがいい」

「へ、辺境伯様……！」

「どうしてもということならば、この冒険者に代わって、俺が付き合ってやっても構わない」

「そんな、畏《おそ》れ多い!!」

辺境伯たるオスカーさんが割って入ったせいで、ギルド長さんは大仰に手を横に振る。

「私からも、今日のところはお願いしますわ」

そこへ必殺笑顔で追い討ちをかけたら、「まっすぐ帰ります！」と言って、そそくさと退店していった。

それを丁重な挨拶で見送ったリュードさんは、再び席に腰を下ろした。

賑やかな人が去ったうえ、ちょうど人が少ない時間帯だ。静かな店内に、彼の小さな吐息が響く。

それが意味するところはもう想像がついていたが、それよりもまず確かめたいことがあった。

「うちの店でミレラさんがなにを頼まれているか気になりますか？」

「えっと、随分いきなりですね。それなら、なんとなく想像はつきます。ミレは普段から、健康になるため痩せるためだって言って、野菜と魚ばかりを好んでいます。最近では豆ごはんなんかも食べていて、あと辛いものには目がありません」

「さすが旦那様、大当たりですわ。この間、ミレラさんから、とにかく辛い料理を作って！　とお願いされたくらいです」

「もしかして、それで今回のマーボー豆腐を？」

ミレラさん用のものはもっと辛いが、それを言ったところでしょうがない。

私が頷くと、彼は頭の後ろに手をやる。

「すいません、うちの妻が不躾《ぶしつけ》なことを。少し気が乗るといつも突飛な行動に走るんですよ、昔から」

照れたように短い前髪を目元まで引っ張る彼の頬は、少し赤らんでいた。

冒険者をしているだけあって、身体はがっちりとしているし、顔に傷跡などもある。その外見と今の可愛らしい反応には、いい意味でギャップがあった。

ミレラさんはリュードさんの浮気を疑っていたけれど、彼からはまったくそんな気配を感じられない。むしろ、ミレラさんへの愛情が自然と漏れ出している。

と思ったら、またため息がカウンターの上に零された。

「……って、最近はすれ違いで、話す時間もあまり取れてないんですけどね……」

「それは、夜な夜なギルド長に連れ回されていることが理由か？」

私の背後で皿を拭きあげつつ、オスカーさんが話に入ってくる。

新品の包丁を使うときのように、すっぱりと本題を切り出すあたりが彼らしい。リュードさんはしばらく黙っていたが、ふいに、私たち二人を窺《うかが》ってきた。

「どうかここだけの話にしてください。……でも、まぁそれが理由ですよ。最近は、休日も含めてもう毎日のようにですから」

その後、リュードさんはできるだけほかの人に聞かれないようにするためだろう、声をひそめて話を続けた。

曰《いわ》く、ギルド長さんはかなりの酒好きらしく、日付が変わる頃まで飲み続けるのだそう。

「俺たち冒険者にとって、ギルドの評価は絶対なんです。クエストの受注、アイテムの卸売《おろしうり》、全てに関わってきます。それらの評価はそのまま報酬になるし、それが下がったら生活が立ち行かなくなる……」

「だからギルド長の顔色を窺《うかが》って、なかなか帰るに帰れず、女性に接待を受けるようなお店にまでついていってしまったということですわね？」

「はい、店主さんのおっしゃったとおりです。この間なんて、お金を持ってるって思われたんですかねぇ。望んでもないのに、べったり抱きつかれたりして。最近は、女よけのために女性のつけそうな腕輪をわざと目立つようにつけて対策してるんですけど……って、どうしてそこまで知っているのですか」

「えっと、まぁ女の勘ってやつですわ！」

なんて、本当はミレラさんから聞いたわけだけど、彼女から聞いた話は、たとえ旦那様相手でも漏らせない。

「悪い人じゃないんですよ、あの人。俺のことを気に入ってくれてるのもわかってるんです。実際、お金はほとんど負担してくれていますし、ギルドでもよくしてもらっています。まぁだからこそ、断りにくいんですけど」

たしかに、ギルド長さんはいつも笑顔で、嫌味な感じが一切しない。

実際、彼が来店すると、狭い店内の雰囲気がそれだけで和やかになる。

とはいえそれが、裏目に出ることもあるらしかった。

「ある意味、もっともタチが悪いかもねー。うちとは大違いだ。こっちは超がつくほど事務的だから」

ホセさんが腕組みをしながら、うんうんと頷く。

若干揶揄《からか》うような言い方に、オスカーさんは眉をひそめた。

しかし咳払い一つで、話を戻す。

「それで、冒険者よ。お前はどうしたいのだ？」

「ミレと、また仲良くしたい。でも、ギルド長との関係も良好に保ちたいのが本音です」

「どちらかを選ばなくてはいけない。そう言われたならば、どうする」

ここも、いきなり核心をついてきた。

突然、かつ相手が辺境伯様だ。しかもオスカーさんはじっとリュードさんを見つめている。

私だったら、超答えづらい！　なんて思っていたのだけど、意外にも答えはすぐに返された。

「ミレとのすれ違いを解消したい」

無意識のうちに出てきたようなその言葉は、きっと本音だ。

短いのに、心を打たれる響きがあるそれが、店内に響き渡る。

「あっ、すいません。なんか変な空気にしてしまいましたね」

もっとも本人にその自覚はなさそうで、驚いたように口に手を当てていたが。

少なくとも、このまま二人が仲違《なかたが》いしていくのを私は放っておけない。

二人ともを応援したい。だからこそ、ミレラさんには悪いけれど、彼女からの依頼は予定変更だ。

「ふふ。気持ちは伝わりましたよ。だったら、そうしましょ！」

「でも、そんな簡単にはできないんじゃ？」

「できますよ、間違いなく。それに、やる前から諦《あきら》めていたら叶いませんわ。ミレラさんとのすれ違いの解消も、ギルド長さんにちゃんと断りを入れることも、どっちも叶えましょう！」

私はぐっと拳を握って「どっちも！」とさらに念を押すが、反応はよくない。

リュードさんはまだ少し不安顔だ。そもそも目じりが垂れていて優しい顔つきだから、頼りなげに映る。

「もちろん、私たちもお手伝いしますよ。その代わり、一つ条件がありますけど！」

「手伝ってくれるのは嬉しいですけど……。条件、ですか？」

ごくり、唾を呑むリュードさん。

いきなり都合のいい話を持ちかけられ、警戒しているのかもしれない。まぁいきなり手伝うと言われたら、不審に思うのも仕方がないかも……

が、なにも法外な報酬を寄越せというのではない。

やってもらいたいことは、ただ一つだ。

「はいっ、こちらの紙に依頼としてお書きくださいな！　これさえ書いてくれれば、お金は取りません」

「それだけ、ですか。物や土地、家を要求されたりは？」

「しませんわよ、そんなこと。ただ紙に書いてもらうだけですわ。あ！　でもでも、もう少しお二人の話は聞きたいですわ。たとえば、なれそめとか、普段の生活とか！」

どうせなら、今回もちゃんと形式に則《のっと》っておこう、とそれだけの話だ。オスカーさんは、そんな私の対応に苦笑いを浮かべていた。

◇

数日後、二人を仲直りさせる作戦の決行日が訪れた。

私は、その日は朝からずっとそわそわとしていた。決行を予定している夜を迎えても、それは変わらない。

無駄に厨房《ちゅうぼう》内をうろうろとした挙句、提供する予定のお菓子をつまみかける始末。

そんな姿を、厨房《ちゅうぼう》の外からオスカーさん、ホセさんが腕組みをして見ていた。

「なんだ、アメリア。今日は落ち着きがないな」

「なに言ってるんです、旦那。この御仁が落ち着いてるところをいつ見たことがあるんです？」

「し、失礼な！　店主はそもそも忙しい生き物なんです！　暇よりよっぽどいいですわ」

私は苦しい返事をしつつ、なおも店内をうろうろ動き回る。

すると扉のベルが鳴った。

私は動揺し、少しバランスを崩しかける。が、すぐに立て直して厨房《ちゅうぼう》へと戻った。

「あれー、アメリアちゃん。今日もしかして、うちの貸し切り⁉」

まずやってきたのは、ミレラさんだ。

普段はお昼から夕方の間に来ることの多い彼女だけれど、今日は激辛料理が完成したことを理由に、時間を指定して呼び出させてもらった。

「はい、そうですわ。色々と用意がありますし、ほかのお客様はいないほうがいいかなぁと」

「えー、ごめんねー、うちのために！　でも本当に嬉しいわ。うちの旦那が早めに帰ってきたときよりよっぽど嬉しい！」

口癖のように放たれた言葉に、どきっと胸が跳ねる。

その旦那様、リュードさんも今日、お招きしている。ただ、ミレラさんには秘密にしてあるのだ。

「お客様、こちらへどうぞ。今、お飲み物をお持ちいたします。なにになさいますか？」

見かねたホセさんが、会話の流れを変えてくれる。

そして彼女をカウンター席へと案内した。流れるようにアウターを預かり、ハンガーで壁に掛ける。

このあたりの気遣いや手際は、さすが辺境伯家の執事様だ。

安さを売りにした料理屋とは思えぬ丁重さで飲み物のメニューを差し出し、軽く世間話まで交わし始める。

あとは、時間どおりにリュードさん、ギルド長さんが来てくれればいい。

そう思って準備を進めていたのだけど、定刻を過ぎても二人はなかなかやってこなかった。

ホセさんが社交的なこともあり、ミレラさんは笑顔で会話を続けている。いくらでも続きそうではあったが……このままずっと待たせ続けるわけにはいかない。

もしかして仕事でなにかあったのだろうか。

そわそわする私に、オスカーさんが耳打ちをする。

「アメリア、俺が冒険者ギルドまで様子を見に行こう。リュードとギルド長、二人がいるようなら、ここへ連れてくる」

「えっと、お願いしていいですか？」

「ああ、俺はここの店員だからな。店のためになるなら、お安い御用だ」

オスカーさんはそう言い残すなり、裏口から出ていこうとする。

私は反射的に、その袖をつっと引いた。しまった、思わず引き止めてしまった。

目を丸くしたオスカーさんと視線を合わせたのち、考えを整理した私は声をひそめて言う。

「それならば、私も行きますわ」

「……しかし、その間の店はどうするんだ」

「今日は貸し切りで誰も来ません。ホセさんに少しお任せします。それに、裏にはモモもいます。問題ありませんわ」

残っていても、居ても立っても居られなくなるに違いなかった。リュードさんたちを待つ時間が、オスカーさんを待つ時間に変わるだけだ。

そもそも、ただ待つだけは性に合わない。動いてこその私だ。

「あらあら。ちょっと大事な具材を買い忘れていましたわ！　すぐ戻りますから、お二人はお店にいてもらえます？」

わざとらしく手を叩いて、こう告げる。

「あ、うん。うちは時間あるから全然いいけど」

ミレラさんに謝罪をして、私はオスカーさんと一緒にそそくさと店をあとにした。

冒険者ギルドは、街のはずれにある。

急いでいたため馬車を拾って（この際、お金は仕方ない！）、ギルド前で降りた。

普段は来ることのない施設だ。

さすがに立派な造りで、中央の大扉などは美しい装飾が施され、ギルドが強い権限を持っていることを表すかのようだ。

入館証がなければ扉に触れることすら警備員が許さないそうだが……

「通してもらおうか」

そこは、辺境伯様だ。

敬礼されたうえに顔パスで通してくれる。

それどころか視察とでも勘違いされたのか、「辺境伯様、いらっしゃいました！」というかけ声が響き渡り、職員の皆さんが一斉に頭を下げた。

それに圧倒されている私をよそに、オスカーさんはカーペット敷きのフロアを迷わず進む。

さらに受付嬢にリュードさんの居場所を尋ねてくれた。

その間、周囲からはこんな声が聞こえてくる。

「あれが噂の辺境伯様が囲ってるっていう……。なんだ、案外普通ね」

「たしか大衆料理屋の店主だっけ？　いいわよね、身分違いの恋。辺境伯様は恐いけど、私も誰か貴族様に愛されたい！　いつか秘訣を聞きに行こうかな」

普通で悪かったわね！　そもそも見当違いも甚《はなは》だしいし！

心の中でそう叫びつつも、顔には出さないよう心がけ、オスカーさんの後ろをちょこちょこついていく。

案内されたのは、ロビーにある一つのテーブルの前だ。

そこでは冒険者らしき方が数人集まって、打ち合わせ中であった。

皆が手前のボードに貼られたクエスト依頼の用紙に注目するなか、落ち着かない様子でちらちらと時計を見ている人が一人。

「申し訳ありません、辺境伯様。どうやら先ほど、突発の討伐依頼が入ったようで……リュードさんはしばらく手が離せないかもしれません」

ギルド職員の方が来て、こう説明してくれる。それにオスカーさんは、軽くため息をついた。

「これは、割って入れる話ではなさそうだな」

「……ですわね」

とりあえず少し離れたところで待たせてもらっていると、思ったより早く話が終わった。

「すいません、遅くなりました……！」

リュードさんは、すぐにこちらへ駆けてくる。

その顔には、びっしりと汗が浮かんでいた。

「魔物が『魔の森』から出てきたんです。それで緊急の依頼が発生して、どうしても行かなくてはいけなくなって……。妻には申し訳ないんですけど、今回はえっと………」

言葉に詰まりながら、彼は絞り出すように言う。

仕事か家庭か、天秤にかけなくてはいけなくなった結果、彼は仕事を――街の安全を選ぼうとしている。

それは、間違っているわけじゃないし、責められるようなものでもない。むしろ冒険者としては、正しい決断だ。

彼がそうと決めたなら、無駄に時間を奪うわけにはいかない。そのうえ、パーティメンバーの方を待たせてしまっている。

オスカーさんも、こればかりは黙り込むしかないようだった。とはいえ、どうしても空気は重苦しくなってしまう。

「……仕方ありませんね」

私がこう返事をしたときだ。

「ああ、これはこれは辺境伯様！　それに店主さんも！　少し待ってくださいますかな」

ギルド長さんが割り込んできた。

「ギ、ギルド長。どうかされましたか？　もしかして、もう討伐の出発時間ですか……!?」

「ああ、いやいや。リュードくん、違う違う、そうじゃないよ。まずは落ち着いてくれ。それから聞いてほしいんだが、むしろその逆、君を今回の討伐メンバーから外させてもらいたいんだ」

ギルド長さんの言葉に、リュードさんは目を見張った。

そして狼狽《うろた》えたように、言葉をつっかえさせてからやっと言葉を発した。

「ど、どうしてですか!?　緊急事態クエストは、ギルド選出の、ランクが高い冒険者が受けるのが通例……。まさか俺はもうお役御免ってことですか」

声を震わせるリュードさんに対して、ギルド長さんは冷静だ。

「そういうことではないよ。落ち着いてくれと言っているだろう？」

「……じゃあどうして」

「今日、君にはもっと大事なことがあるだろう？」

その言葉にリュードさんはぴくりと反応する。

ギルド長さんは、ここで私に目を向けた。

なにを確認しているのかは、口に出さずとも明白だ。私が軽く頷くと、彼は語り始める。

「実は今日、辺境伯様とアメリアさんから私も食事会に同席するよう頼まれていたんだ。これまでの事情説明のためにね」

「えっ、ギルド長もですか」

「うん。私も反省したんだ、辺境伯様に凄まれてね……。これまでは依頼が少ないときは毎日のように君を連れ回していただろう？　私としてはただ美味しいものや楽しいことを共有したいだけだったんだけど、それが間違いだったと気づかされた。それで君たち夫婦の時間を奪ってしまったのだからねぇ」

ギルド長さんは小さくなりながら、反省の弁を述べる。

それは、私とオスカーさんが事前に聞いていたものと同じだった。

ギルド長さんに悪気はまったくなかった。リュードさん夫婦への影響を話すと、顔面蒼白になっていたくらいだ。

「緊急討伐とはいえ、今回の難度ならほかの冒険者でも対応できる。私もギルドに残って、彼らのサポートをするつもりだ。本当に困難な任務のときは、君を頼りにするさ。君の実力はきちんと買っているよ。だから、今回はほかの人たちに任せてくれないかな？」

ギルド長さんは、リュードさんの手を取ってそう伝える。

まっすぐな言葉だった。

それに胸を打たれたのだろう。リュードさんは目をぎゅっと瞑《つぶ》り、目頭を押さえる。

「さて、行きましょうか、リュードさん。ミレラさんがお腹を空かせてお待ちですよ」

私は頃合を見計らって、声をかける。

彼は赤くなった顔でこちらを振り向くと、力強く首を縦に振った。

「アメリアちゃん、どこに行ってたの？　買い物にしては遅いような…………って、え、なんであなたがここに⁉　はぁ⁉」

リュードさんとともに店に戻ったときのミレラさんの反応は、まさに期待どおりのものだった。

椅子を斜めに引いたあと、そのまままずるずる後退していく。

「本当にどうして？　というか、今日も仕事で遅くなるって言ってなかった？　もしかしてクビになったの？」

「ああ、ミレ、違うんだ。えっと、それはだな……」

リュードさんは、困ったような顔で私とオスカーさんを見る。

だが、聞かれているのはあくまで彼だ。

それに、夫婦二人の会話を邪魔するのもよろしくない。

オスカーさんと顔を見合わせたあと、彼の訴えには気づかなかったふりをして、二人で厨房《ちゅうぼう》に入る。

後ろから、留守を預かってくれたホセさんも続いた。

夫婦二人に聞こえないよう、声をひそめて言うには、「あの方、ほんとに旦那の話ばかりしてたよ。そこまで愚痴れるって逆に愛が深すぎるんだろーなって感じ」とのこと。

嫌よ嫌よも好きのうち、ってよく言うしね？

これまでの愚痴も好きだからこそ不満が溜まっていたのだと思えば、微笑ましく思えて、自然に口角が上がる。

一方でオスカーさんは、怪訝《けげん》そうにしていた。

「ホセよ。愚痴も愛になるのか？　普通は嫌な相手のことを話すだろう。俺はネガティブな感情のものしか聞いたことないが」

「ま、それが一つの愛の形になるときがあるんじゃないですかい？　興味のない相手に、そこまで不満を持つことってないですからねぇ」

「……なるほど、そんな考え方もあるのだな」

まるで、政策に頭を悩ませているのかと思うような真剣な顔つきで、オスカーさんはミレラさんたちを眺める。

久しくまともに話し合うことができていないと聞いていた二人だ。まだ会話はぎこちない。

だが、そんなときの潤滑油こそ、ごはんである。

具材類は全て用意してあるから、私はさっそく調理にとりかかった。

あれから回数を重ねることで、いくらか手際もよくなった。

生姜《しょうが》、にんにく、ネギをごま油で炒めたら、そこにレッドドレイクの肉とともに隠し味を投入。

キャロロも加え強火で約五分間、鉄鍋をあおった。

水分をなるだけとばして、最後にとろみをつければ完成だ。

鉄鍋をおたまで擦り、皿に滑らすようにして盛り付ける。

ごはんと、辛味中和のためのたまごスープとともにホセさんに配膳してもらった。

その赤黒い見た目に、目をぱちくりさせる二人に私は宣言する。

「ではお二人とも、今日はご来店ありがとうございます！　それとお待たせしました。こちら、うーーーーーんと辛いマーボー豆腐改でございます！」

「えっとアメリアちゃん、『改』なの？　まだ一回も食べてないけど？」

「それでも『改』ですわ！」

ミレラさん、リュードさんのお二人は一度目を見合わせるが、気まずかったのだろう、すぐに料理皿へと視線を戻す。

そして、ほとんど同時にスプーンを手にして、激辛マーボー豆腐改をまずは少量掬《すく》った。

汁を少し落としたところで、ミレラさんが気づく。

「これ、鯖《さば》……？」

「はい、そうですわ。鯖《さば》を使ったマーボー豆腐です。漁港で仕入れてきた今朝締めのものを使いました」

「アメリアちゃん、作ってもらっておいて言いにくいんだけど、鯖《さば》は使わないでってお願いしてなかったっけ」

「でも、鯖《さば》はお二人の思い出が詰まった食材なんですよね。すいません、リュードさんにそうお聞きしたものですから、勝手ながら変更させてもらいました」

私がそう言うと、リュードさんはスプーンを一度お盆の上に置く。

「実はそうなんだ、ミレ。ミレが店主さんに依頼をしたのと同じように、俺も依頼させてもらったんだ。……君とまた仲良くするきっかけにしたくて」

「なにを言ってるの。これまで会話もできてなかったのに？」

「急な話だよな、わかってるさ。でも、本心なんだよ」

リュードさんは、自らの心の内を吐き出す。

抑え気味ながらも力のある声が小さな店内に響いて、すぐにしんと静まり返った。このままでは、どちらも喋《しゃべ》りにくいに違いない。

そう思った私は、最低限とだけ決めてリュードさんに助け船を出す。

「鯖《さば》料理がきっかけで仲良くなられたのでしょう？　たしか初めての二人の食事会でお召し上がりになったとか」

「そ、そうなんです！　懐かしいな……。ミレも覚えてるよな？」

リュードさんは、二人の過去を話し出す。

緊張しているのか、かなりたどたどしいものだったが、二人のなれそめは事前に伺っていたとおりだ。

今から五年ほど前、駆け出しの冒険者だったリュードさんは、アイテムショップを経営するミレラさんと、客と店員として知り合ったらしい。

年齢が近いこともあり意気投合した二人は徐々に距離を縮め、ついにリュードさんがデートに誘う。

そのとき、彼は初デートにもかかわらず緊張のあまり店の予約をし忘れるという失敗をしてしまった。その結果、歩き回った末に、たまたま席の空いていた大衆料理屋に入ることになったという。

疲れもあり雰囲気も悪くなっていたが、その店で出された鯖《さば》のピカタがとても美味しかったことで、より打ち解けることができたらしい。

「そんな話、今さらどうして引っ張り出すの」

「今さら、か。そう思うよな。でも俺はあの頃みたいに、ミレと仲良くしたい。笑顔の君を見たいってそう思ったんだ」

リュードさんは、ミレラさんに向き直って言う。

ミレラさんはしかし、まだまだ厳しい顔のままだ。

「綺麗な言葉ばっかり並べてなによ……。うち知ってるのよ？　あなたが夜な夜な飲み歩いてるだけじゃなく、女性に接待されるような店で遊んでることも」

「そ、それはだな。ギルド長に案内されて断りきれなかったんだ。やましいことはなにもないいんだよ」

聞いている分には、浮気の言い訳の常套句《じょうとうく》のように聞こえなくもない。

実際ミレラさんは顔をしかめていた。そこでオスカーさんが口を開く。

「嘘ではないことは俺が保証しよう。ギルド長も認めている。彼も悪意はなかったようだが、連れ回していたことを反省していた。それに、領主として俺にも責任はある。今後は、そうした人間関係でギルド内での評価が左右されないような改革をおこなう必要があるとも考えている」

辺境伯様が言うのだから説得力は抜群だ。

それにこの店の常連さんであるミレラさんは、オスカーさんが誠実な人だとよく知っている。

「……浮気じゃなかった？　うちはてっきり」

「それだけは本当だよ。断じてそんなことはしていない」

「…………そっか」

ミレラさんはそこで言葉を失う。

無理もない。

そもそも今回のマーボー豆腐作りは、ミレラさんがリュードさんの浮気を疑い、その調査を始めるにあたって勇気が欲しいということから始まった。

きっとこれまで不安に満ちた日々を送っていたに違いない。

急に浮気じゃなかったと判明したからといって、すぐに切り替えられるものではないだろう。

誤解だったの、じゃあすぐに元どおり仲良く……とはいかないようだ。

店内は再び、しんと静まり返る。

決して悪くはないがよくもない、微妙すぎる空気だ。当事者ではない私まで、肌の裏がじりじりとする。

ただ、こんなときのためのお料理だ。

「お二人とも、とりあえずお食べになってくださいな」

私が促《うなが》すと、気まずそうだった二人はほっとしたようにスプーンを手にする。

提供してから随分と時間が経ったようにも感じるが、実際にはせいぜい五分程度だ。とろみがあるので冷めにくく、マーボー豆腐改はまだまだ湯気を上げていた。

夫婦お二人は同時にマーボー豆腐を口に入れる。

「うん、さすがアメリアちゃん！　うち、こういう辛いの大好き！」

「だ、だよな。俺も辛いのは結構食べるけど、なかなか美味しいよ」

「えっと、そうね。でも、アメリアちゃんが激辛というわりに辛くは――」

やっぱり一度はそういう感想になるらしい。

だが、余裕がありそうだったのはここまでだった。

ミレラさんの顔がみるみるうちに赤くなる。その隣でリュードさんの顔はさらに赤く、しかも汗だくになっている。

まだ一口目にもかかわらず、だ。

「辛い辛い！　アメリアちゃん、なにこれ、喉が痛いくらい辛い！　うち、火噴きそうなんだけど⁉」

「熱い、舌が焼けるっ！　なんだこれ！　未知の辛さすぎる！　ひからびるかも。……というかあれ待って。俺、舌ある？　なくなってない？」

「ちょ、あなた、こんなところで舌出さないでよ……みっともない、って辛い～‼」

店内の雰囲気を一変させる、痛烈な舌への一撃だったらしい。

二人は叫び声を上げるが、今日は貸し切りだ。咎《とが》める必要もない。

リュードさんにいたっては頭を両手で抱え込むと一度席を立ち、早歩きで店内をぐるぐると回り始めた。

しばらくして、コップの水を一気に飲み干し、再び席に着く。

その顔は上気し、血管が浮かび上がっている。切れてしまわないかと心配になるほどだ。

「えっと、だ、大丈夫ですか……？」

無理に食べなくても、と言うつもりだったが、遅かった。

彼はまたマーボー豆腐改を口にして、辛い辛いと声を上げる。

「たしかにめちゃくちゃ辛いんですけど、美味しいから食べちゃうんですよ！　なぁ、ミレ？」

「それはそうかも。あーさすがアメリアちゃん。信じてよかった、うちの人生での辛さの上限更新してきた！　辛い、美味い、辛い！　ああ、食べるごとにどんどんと更新する！」

ゆでだこ状態になった二人は、そこで目を見合わせる。まずミレラさんが口に手を当て、くすりと笑う。

「あなた、なによその顔！　汗したたってるじゃない！」

「なっ、それを言うならミレもだよ！　化粧崩れちゃってるぞ」

こんな会話を交わしたと思ったら、今度は二人とも大笑いをし始めた。

傍《はた》から見ていると、理解しがたいくらいの盛り上がりを見せている。もしかしたら当人たちもなにが面白いんだかわかっていないかもしれない。

「……どうするんだ、アメリア。収拾がつかないぞ、これ」

オスカーさんは状況を冷めた目で見て言う。

どうしたものかと私は少し考えるが、すぐにやめた。

だって、まったく悪くない。むしろ、逆に……

「いいんですよ、これで」

「そうそう、旦那。見たらわかりますぜ？　二人ともめちゃくちゃ楽しそうじゃん？」

ホセさんが言うとおりだ。

二人のわだかまりが、今まさに解けようとしている。

長い時間をかけて積み上げたからといって、別にゆっくりと解かなきゃいけない決まりはない。

話し合いで真面目に解決しなければいけない決まりもない。

どんな形であれ、やり直すきっかけになったのだから、それでいい。

「お、ミレ！　たまごスープを飲むと結構辛さが和らぐぞ」

「邪道ね、うちは最後まで辛さを味わってからにするって決めてるの」

二人が嬉しそうに会話を交わすのを、私はカウンターの奥から眺める。

マーボー豆腐を食べたわけでもないのに、胸の奥がじりじりと熱くなっていた。

それは自分の料理が二人を繋ぎ止めたことへの達成感や、お客様のめでたい瞬間を目にすることができたことだけが原因ではない。

ほんの少しだけ、少しだけね？

心の距離が離れていく最中でも、一緒にいることを諦《あきら》めなかった二人が羨《うらや》ましい。

柄にもないとはわかりつつも、そんなことを考えてしまった。

そこでふいにオスカーさんから声がかかった。

「アメリア、そのなんだ……。あんまり辛いものを作りすぎたんじゃないか。アメリアはやりすぎるところがあるからな」

「えっと……？」

突然のご指摘であった。

たしかにそうかもしれないけど、今言うことじゃないような……？

脈絡のなさに首を捻っていたら、ホセさんが口元に手を当てて噴き出す。

ミレラさん、リュードさんにも負けない勢いだ。

「旦那。さっきは愚痴も愛情だって言いましたけど、その使い方はおおいに間違ってますぜ？　中途半端だし、愚痴というよりもちょっとご機嫌斜めなくらいにしか見えないです」

「……なんだ、違うのか。じゃあどうすればいい」

「全然違います、全然。あー面白いなぁ、まったく。それに愚痴にもなってないし」

なんのことかわからなかったが、ホセさんの指摘に、おろおろするオスカーさんがおかしくって、おかげで感傷的な気分からは解放されたのだった。

——それから数日。

「アメリアちゃん、聞いてよ～」

昼下がりの店内に、ミレラさんのため息まじりな声が響く。

ちょうど人が少ない時間帯だ。

お客様は彼女とフィオナさんしかいないし、オスカーさんは公務の疲れもあり、控え室で仮眠を取っている。

マーボー豆腐改を振る舞ってから、ミレラさんの来店は初めてだ。

その後どうなったか、ずっと気になっていた。

私は注文されていたケーキとアイスティーのセットをカウンター越しに提供する。

そのあとホールに出て、彼女の隣の席に座った。

「お、今日も美味しそうね。これはパウンドケーキ？」

「そうですよ。でも、ただのパウンドケーキじゃないんです。実はさつまいも……」

そういえば、この呼び方はモモから聞いたものだっけ。

「えっと、カンショをたっぷりと使っていて、小麦も砂糖も控えめになってるんです」

「……カンショをケーキに。聞いたことないわね」

「ふふ、でしょう？　でも消化がゆっくりなので腹持ちがよくて太りにくいし、ショクモツセンイもたっぷり」

「そのショクモツなんとか、ってなに？」

「えっと……とにかく痩せ効果があるんです」

「おぉ……、めちゃくちゃいいわね！　またしても美容効果……！　しかもスイーツで！」

「でしょう？　当然味も捨ててませんわ。表面はさっくり、中はほっくりで甘みがじんわり持続しますよ」

ここまで気持ちよく喋《しゃべ》って、私ははっとする。

一方的に話してしまったことには、この時点で気づいていたのだけど……

「しかも、この時期カンショはたくさん採れるので、実にお安く仕上がってますわ！」

止まりきれずに、さらにうんちくを傾ける。

ミレラさんのお話を聞くつもりだったのに、またやってしまった。

「すいません、私ったらまた……」

私は口を押さえ、ぺこぺこ頭を下げる。

「いいの、いいの！　そういうところも、アメリアちゃんの魅力だしね。こっちがお礼を言うことはあっても、謝られることはないって」

そこにあったのは屈託ない笑顔だ。

憑《つ》き物が落ちたみたいにすっきりとした顔をしている。美しい人だと思っていたけれど、今は可愛らしくも見えた。

「えっと、今度はミレラさんのお話をお聞かせくださいな！」

もう聞かずとも、リュードさんとの関係がうまくいき始めていることはその表情から窺《うかが》える。

それでも、ここは彼女の口から聞きたかった。

「あ、うん、それがね。今日もあの人ったら仲間との打ち合わせがあるって早朝に出ていったの！　しかも晩ごはんにする予定だったお惣菜、勝手に食べていったのよ。なにがありえないって、洗い物もしてないの」

「……へ？」

「ありえないでしょ？　おかげで今週の献立計画が狂っちゃったもの。しかも服は適当に選んだみたいで、棚の中がぐちゃぐちゃになってるし」

出てきたのは、結局愚痴だった。

もしかすると雪解けは見かけ倒しで、まだまだ気まずい関係だったりして……

不安になったところで、ふと気づいた。

まるで色づきはじめた春の花々みたいに、ミレラさんの頬は染まっている。そして、アイスティーのグラスを揺らして、後れ毛をくるくると人差し指で巻いた。

「……まぁでも、ちょっと早く帰ってきてくれるようにはなったかな」

察するに、前段の愚痴は照れ隠しだ。

ぼそりと付け加えられたこちらがきっと本音だろう。

あぁなんてじれったい！　そして初心《うぶ》で可愛らしくもある。

まるで恋する乙女だ。そんなふうにほっこりしていたら、突然の冷たさが頬を襲った。

「な、なにするんですかっ！」

ミレラさんがグラスを押し当ててきたのだ。

驚いて、大きな声が出る。それとともに、自分でも驚くくらいの素早さで、席から立ち上がり飛びのいていた。

「だってアメリアちゃん、今、面白がってる顔してたし」

「それは誤解ですわよ！　私は微笑ましいなというか、その恋してる乙女な感じが羨《うらや》ましいなとか思っただけで……」

　必死で私は弁明をする。

　そこでミレラさんがふっと頬を緩めた。

　私の慌てる様《さま》が面白かったのだろうかと思ったら、違ったらしい。

「ありがとうね、アメリアちゃん。おかげで少しは夫婦らしくなれたわ。またあの料理、作ってくれる？」

　改まって質問されたが、そんなこと聞かれるまでもない。

「もちろんです。何回でも来てくださいな。結婚記念日も誕生日もお祝いしますわ」

「……うん。じゃあ、ずっとお願いするね。そうなれるように、やってみる。簡単には諦《あきら》めたりしないんだから」

「はい、任されました！」

　そうして、新たな約束が交わされたすぐあとのことだった。

　背後にただならぬ気配を感じて、私はそちらを振り返る。

「なんだか素敵なお話ですね……！」

　熱烈な視線を送ってきていたのは、隣の席でカモミールティーを飲んでいたフィオナさんだ。

　たぶん話の内容が聞こえていたのだろうが、一つ妙な点もある。

　どういうわけかノートとペンをその手に握っているのだ。

「フィオナさん、それは？」

私が聞くと、彼女は折り目がつきそうなくらい強くノートを握りしめる。

「えっと、これはその……いつかは自分でも本を書きたいなとか思っていたので、そのいいお話が聞けたらと……！」

彼女はそう言うと、恐る恐るといった感じでノートを開き、私とミレラさんに差し出す。

そこに記されていたのは、数々の恋愛に関する小話だ。

それもきちんと、シチュエーションやカップリングごとに分類されている。

フィオナさんの感想なんかも一緒に添えられていて、ミレラさんと二人、興味津々で読む。

ふと見ると、フィオナさんの顔が真っ赤になっていた。

いつもならここで勝手に引いていくのが彼女だが、今日は一味違うらしい。

「あの、その……もしよかったら、あたしにも聞かせてくれたら嬉しいです」

今にも噴火せんとする火山のような表情で、ミレラさんに頼み込む。

「えっと、うちの話をフィオナさんが本にするってこと？」

「……それはわかりませんけど、いつかはそうできたらなと思ってます。まぁ大それた夢なんですけど」

「なるほど……。名前とかは伏せてくれるのよね？」

「そこは、はい、お約束します……！」

「なら、うちは全然いいわよ」

フィオナさんの熱意が届いたようだ。

彼女は何度もお礼を言うと、ペンを持って、さっそくインタビューを始める。

私を挟んでいると、やりとりしづらいに違いない。

席を外そうとしたところで、制服の袖部分を軽く引っ張られる。

「アメリアさんもいてください……！　アメリアさんからも恋愛話を聞きたいですし、あと一対一だと緊張するというかなんというか……」

今度もきっと本音は後者だ。

内気な彼女にしてみれば、いくら顔見知りとはいえ、いきなり二人きりはハードルが高いのだろう。

結局私もそこに残り、インタビューという名の恋愛トークにまざる。

フィオナさんとは前から友達だが、こうした話はしてこなかっただけに新鮮な気持ちだ。

ミレラさんが愚痴を交えながらではあったが、ひととおり今回の一件について語り終える。

「それで、アメリアちゃんは？　前に聞いたときは結局教えてくれなかったけど、どうなの？　最近の進展具合は」

そこで唐突に、話の矛先が私へと向いた。

「えっ、私ですか。そんな素敵なお話はないんですけど」

人様に語れる恋がらみの話といえば、長年尽くした挙句、使用人を愛人にされて婚約破棄された話くらい。それが人生のうち約四分の一を占めているから、ほかの話などない。

フィオナさんが求める、感動的で、きゅんとするようなお話とはかけ離れている。

そう思ったのだが、求められているものが別だった。

「なにをまたまた。あるんでしょ、辺境伯様とのめくるめく恋愛譚が！」

「なっ、オスカーさんとの恋愛譚……!?　なにを言ってるんですか！」

「なによ、今さら照れちゃった？　このお店の常連からすれば公認カップルって感じだけど？」

さっき来店したばかりのミレラさんは知らないだろうが、オスカーさんは今控え室で仮眠をとっている。公務の疲れもある中で、夜営業に備えてくれているのだ。

万が一聞こえたら、変なふうに思われるかもしれない。

私は声を落とすようにお願いしたあと、首を横に振った。

「その……別になにもないですわ」

思い当たることがないわけじゃない。

お料理大会に向かう馬車での出来事は、いまだに痺れるみたいな甘さをもって記憶の真ん中に横たわっている。

ただそれはオスカーさんと二人だけの秘密という約束だし、それ以降はホセさんの悪戯《いたずら》で婚約者を演じたぐらい。それだって特になにか目立った変化をもたらしたわけではない。

出会った当初と比べれば、会う回数はかなり増えたし、一緒にいる時間も多くはなった。

だがその分、彼の存在が当たり前になってしまってもいた。

「なんだ、その顔は本当になにもない感じね」

「だから、そう言っていますわ。つまらないこの話はこの辺で……というか、そうだ！　紅茶のおかわりとかいかがです？」

ここにいると、どんな話を振られるかわかったものではない。恋愛話が好きそうなミレラさんの追及は恐ろしい。

今度こそ私は話から抜けんとする。

だが今度は机についた手をミレラさんに握られた。

「おかわりなら、まだいらないわ。それより、意外と進展してないのかもなぁと思って、いいものを持ってきたの」

「いいもの……？」

「そ！　今回お料理を作ってくれたお礼だと思って遠慮せず受け取って」

そう言うと、彼女は鞄《かばん》の中を探り始める。そして、差し出されたのは一枚の白い封筒だ。しかもなんだか結構厚みがあって、どきりとする。

「お、お金ならいりませんわよ!?」

一応、お料理大会の優勝賞金で、実家へのお金の返済は終わっている。この家の改築とか貧乏な実家への仕送りとか諸々やりたい気持ちもないではないが、それもそこまで急いではいない。

「本当なら払いたいくらいだけど、違うものよ。開けてみてくれたら、わかるはず」

そう言うなら、とそれを手に取る。

中から出てきたのは、一枚のチケットと案内チラシだった。

それを見て私は思わず声が高くなる。

「ボヌール牧場の招待券……！　えっ、こんなものいいんですか!?　今みんなが行きたがってますよね。ここのアイスクリームはすごい濃厚だって評判ですし！　業者の中でも、あそこの牛乳は手に入らなくて幻だっていわれてますよ!?」

場所自体はロコロにほど近い丘にあり、一般向けの見学会もおこなわれている。

だが、かなりの人気を博しているため、その招待券は販売されるや否や完売になるほどのレアものなのだ。

そのため、いつかは訪れてみたいと思っていたが、心の奥底に秘めたままにしていた。

「はいはい落ち着いて、アメリアちゃん。ただの招待券じゃないわよ、それ」

そう言われたのでよくよく見ると、後ろにもう一枚、同じ券があった。

「それ、ペアチケットなの。うちの友達が、旦那と仲直りできるように……って譲ってくれたんだけど、うちらはもう大丈夫だから。これはアメリアちゃんが使って」

「オスカーさんと、ってことですか？」

「そりゃほかにいい人がいるなら、それでもいいけど……。家族とか、フィオナちゃんみたいな女友達を誘うのはなしね。そういうことなら返してもらっちゃおうかなー」

ミレラさんはチケットの端をつまんで、私の前で揺らす。

「あくまでデートってことで誘うのよ」

「で、デート……」

目の前に人参をぶら下げられた馬の気分だ。

本音を言えば飛びついてでも欲しいが、恥じらいもある。

ここでこれを受け取れば、デートをすると公言するのと変わらない。

私は一度唾を呑む。やっと決心して指を伸ばしかけたところで、チケットが横から攫《さら》われた。

「いただけるというなら、もらい受けたい。構わないか」

いつのまにかオスカーさんがホールに出てきていたのだ。髪がはねているので、寝癖かもしれない。

「なっ、い、いつから見てたんですか!?」

「ついさっきだ。あまりにも誰も俺に気づかないから声をかけずに見ていた」

これには三人、同じように驚く。

私はそれと同時に、首筋が少し寒くなった。

オスカーさんに一連のやりとりを見られていたとしたら、私がデートを嫌がっているみたいに思われてしまっているかもしれない。

「えっと、その、オスカーさんと行きたくないわけじゃなくて……なんというか、むしろお誘いしたら悪いかなぁ、とかそういう考えで……」

「なんでもいいいさ。俺に誘わせてくれ。ちょうど行ってみたいと思っていたのだ。アメリア、一緒に行ってくれないか？」

しどろもどろにはなったが、もともと受け取ったら彼を誘うつもりだった。

唐突な展開に頭が追いつかなかったし、顔が熱くて仕方なかったが、私はこくりと首を縦に振る。

「あらあら、隅におけないわね」

ミレラさんは口元に手を当てると、にやにや笑う。

「いい、すごくこの展開いいです！　友達の恋をサポートしてた側が今度はいい関係になる展開とか、小説恋愛みたい！」

その横でフィオナさんは、例のごとく語順を間違えつつ、メモを取っていた。

結局私は、より恥ずかしい思いをすることになったのだった。

第三章　レシピの秘密

牧場見学の当日は、折よく快晴であった。

気温も高く、街にいたときは少し暑く感じたくらい。

だがそれも、馬車でゆったり丘をのぼっていくうちに心地よい気温になっていく。

山風と海風とが穏やかに混じり合ったそれに肌を撫でられ、牧場への期待感がいっそう膨らんでいく。

「アメリア、あまり窓から顔を出すと落ちかねないぞ」

「は、はい！」

そして別の意味で私の胸を高鳴らせるのは、目の前に座る彼だ。

今日もその美しさは、宝石のような輝きを放っていた。

襟の低い白シャツに、茶色地のニットセーター、加えてつばの短いハット帽。

周囲に辺境伯だと露見すれば騒ぎになる可能性もあるからと、彼なりに目立たない努力をしてくれたらしい。

が、そのきらめきはどばどばと溢《あふ》れ出してしまっている。

動きやすいようにと、オーバーオールを選んだ私と比べると、眩しすぎて目が焼けるかと思うほど。

前もそうだったが、変装ごときでは隠せないオーラがあるのだ。

にこりと笑いかけられ、頬がほんのり熱くなる。

とはいえ、毎日のように彼と顔を合わせている身だ。

ただ笑いかけられただけで、こうまで意識しているわけじゃない。

理由は別のところにもあった。

「外に出たい気持ちはわかるがな。この風はかなり気持ちがいい」

オスカーさんも自分側の窓を開け、馬車から身体を乗り出して、外の景色に目をやる。

背景には色づき出した山々、そこに群青色の髪をなびかせる美丈夫《びじょうふ》の姿は、まるで完成された絵画のようだったが、見惚《みと》れてはいられない。

私はこっそりと、ポケットに忍ばせていた一枚の紙を手に取る。

ミレラさんから渡されていたそれは、いわば指令書だ。『恋のミッション』なんて題され、ハートマークが散らされたそれには、タイトルどおりさまざまな任務が記されていた。

その内容は『手を繋いでみる』とか『目を十秒以上合わせてみる』とか『さりげなく愛称で呼んでみる』とか『可能なら愛称で呼び合ってみる』とか……

人に見せるには、あまりに恥ずかしいものばかりだ。恥ずかしすぎて、モモにすらこの指令書のことは秘密にしてある。流出しそうになったら、すぐに火属性魔法で燃やしてやるつもりの一枚だ。

そもそも普通、こんなことやるわけがない。というか無理難題ばっかりだ。

元婚約者のスペンスとはろくな恋愛をしていないから、こうした恋愛あるあるは私にとって無縁も無縁。それこそ『もりゆる』――『森の少女は世界を揺るがすお姫様』みたいな小説でしか触れたことがない。

だが、それでもなおこの指令をこなさねばならない。私をそこまで駆り立てるのは恋やら愛やらではなく、もっと現実的なもの。

達成時にミレラさんからもらえるというご褒美だった。

サバイバルにも使える魔力伝導ナイフは厚いお肉もすんなり切れるし、外でも簡単に火を使えるコンパクトバーナーはどこでも料理ができる優れものときた。

どれもこれもミレラさんの経営するアイテムショップの余り在庫なのだそうだ。

二十二歳の婦女が、しかも貧乏男爵家とはいえ仮にも貴族の令嬢がものに釣られるなんて、はしたない……！

自分でもそう思うけれど、欲求には逆らえなかった。

悔しいけど、さすがは『ごはんどころ・ベリーハウス』に開店当初から通ってくれている常連さんだ。ミレラさんも、ミッションを一緒に考えたというフィオナさんも、私がどうすれば動くかわかってる！

「……なんでこんなことさせたいのかは、よくわからないけどね」

ただ面白がっているのか、もしくは背中を押してくれたのか……

だが、私はそもそもオスカーさんと恋仲になりたいと思っているわけじゃない。

一緒にいればそりゃ落ち着くし楽しいけれど、これがどういう感情かはよくわからないままだ。

そもそも身分が違いすぎるしね。庶民と辺境伯はもちろん、たとえ男爵令嬢として考えても、その身分差はかなりのものだ。

そばにいてくれるだけで、私にとってはありがたすぎる存在なのだ。

そこで、はたと思う。

身分差ゆえにどうなることもないのなら、過剰に意識する必要もない、ということじゃないかしら。

「アメリア、今なにか言ったか？　なにがよくわからないのだ？」

……そのはずなのだけど、彼の瞳に射られると無条件でどきりとしてしまうのだから思うようにはいかない。

意識しないなんて、彼と相対したらどうしてもできっこないのだ。

そんな状況でミッションをこなすなんて無理すぎる。

だが簡単には諦《あきら》められない。なんとしてもご褒美が欲しい！

となればここは勢いで、もっとも欲しい野営テントがもらえるミッション『キス』を……

私はそっと上目遣いで、彼の唇を見つめる。

「アメリア、そう見られると恥ずかしいのだが」

って、やっぱ無理!!　当然のごとく無理！　料理未経験者がいきなりロールキャベツ（しかもデミグラスソース）を作れと命じられるようなものよ、こんなの！

というか、なに考えてるの、私ったら。こんなことをしたら、オスカーさんも迷惑に違いない。

私は一人、馬車の中で悶《もだ》えたあと、自分の頬を二度はたく。

そして彼から目を逸らすため膝を抱え込んだ。

「た、体調が悪いのか？　それならば別日でも……」

「いえ全然まったく!!」

「そうか。ならばよかった。ここの牛乳は絶品だとアメリアから聞いて俺も楽しみにしていたからな。聞けばほかにもメニューがあるらしいから、今日は朝食を抜いてきたんだ」

な、なんて可愛いことを言うの……！

その澄んだ藍色の瞳にきりりとした顔立ち、高身長、しかも辺境伯としてばりばりに仕事をこなす。

およそ完璧な要素ばっかり持ってるくせに、こんなところだけ可愛いのは反則だ。

私は再び足をばたばたして悶《もだ》える。

「あ、アメリア……？　今度はどうした？　腹痛か？」

「違いますわ！　牛乳を飲む用意も、アイスやスイーツを食べる用意も万全ですわ！」

「……ならいいが」

そうして、またオスカーさんを戸惑わせてしまうのであった。


ボヌール牧場につくと、そこに広がっていたのはとても開放的な空間だった。

見渡す限りに広がる牧草地は美しく、空気も澄んでいる。

端が見えないほど広大な空間で、牛や羊といった動物が思い思いに過ごしていた。

……悩みなんてなさそう。なんて羨《うらや》ましい。

私がそう思ったのは、いつも過ごしているお店が路地裏にあるうえ、狭くてボロいからではない。

ミレラさんに課された謎のミッションのせいだ。

「……たしかに、なかなか壮観だ。うちの屋敷より広いな」

馬車から降りてもなお、私は平常心を取り戻せていなかった。

隣に立つ美丈夫《びじょうふ》の横顔を見るだけで、勝手に鼓動が速くなってしまう。

……だめだ、このままではいけない。

成功時の報酬がもらえないばかりか、素直に牧場を楽しめなくなる。それでは、せっかくもらったチケットがもったいないったらない。

私は一度胸に手を当て、大きく息を吸い込む。

「こう気持ちいいと、なんだか走り出したくなりますね!!」

そして実際に小走りで、牧場と歩道とを隔てる柵まで向かった。

身体を動かして声を出せば、平常心を取り戻せるに違いない。そう考えてのことだった。

そんな私が珍妙だったのか、もしくは仲間だとみなされたのか、数頭の子牛が私のほうへとゆっくり歩み寄ってくる。

あまりの可愛さに、すぐに夢中になってしまう。私は頭を擦り付けてくる子牛と戯《たわむ》れる。

……のだが、彼らはすぐに離れていってしまった。

背後からオスカーさんの声がする。

「やはり俺は向いていないらしいな。前にも話しただろう、動物には懐かれないのだ」

どうやら、オスカーさんがこちらに近づいてこようとしたようだ。だが彼は少し離れたところで足を止め、それ以上動こうとしない。

もしかして、と柵に沿って少し歩くと、彼は距離を保ったまま私と同じだけ歩いた。私が止まると、彼もまたぴたりと足を止める。

まるで影のように、つかず離れずの位置にいるのだ。

やっぱり間違いない……!

自分が近寄ると牛たちが逃げてしまうからと、気を遣っているみたいだ。

うーん、やっぱり全然怖くない。逆にこれだけ可愛げがある人ってそうはいない気がする。

なんにしても、このまま過ごし続けるのはなにかが違う。

「ほら、大丈夫ですわ！　こっちに来てくださいな」

私は斜面を少し駆け下りて、彼の左手を取る。

戸惑っているのか彼の動きが緩慢《かんまん》なのをいいことに、柵のそばまで引っ張っていく。

そこで私は、はたと気づく。

これは『手を繋ぐ』のミッションをクリアしたことになるのでは……？

だが喜びに浸る前に、恥ずかしくなって、私は彼の手を振り払うように離した。

しまったと思うが、彼に気にしている様子はない。

それどころか申し訳なさそうな視線を私のほうへと向けてくる。

「だが、アメリア。俺がここにいると、動物に逃げられてしまうんじゃないか」

「気のせいですわよ、そんなの。さっきのはたまたまです」

ほらと私が指したのは、彼の前に伸びる影だ。

「これのせいですわ、きっと！　オスカーさんの背が高いから、いきなり大きな影ができて驚いたんです」

「そういうものか？　でも俺は昔から……」

「昔は昔です。ほら最近じゃモモともすっかり仲良くなったじゃないですか」

「だが、モモはただの動物ではなく精霊獣だろう。勝手が違う。それに、そこまで親しくできてい

ると は思っていない」

「あら、モモはあれで結構心を許してますわよ。じゃなきゃ、撫でられたりしませんわ。とにかく一緒に歩きましょう？　本当に嫌われてるかどうかはそれでわかりますわ」

私は彼とともに柵のそばをゆっくりと歩く。

するとどうだ。

さっきまで草を食んでいた牛たちが、本当に遠ざかっていくではないか。

「……こういうことだ。だから言っただろう？」

ぼそりとオスカーさんは零す。

だが、気にしていないように振る舞っているだけで落ち込んでいることは、落ちた肩から伝わってくる。

どうにかしたくて周りを見渡し、あるものが目に入った。

私はすぐに、それを買いに行く。

代金を料金箱に入れ、もらってきたのは餌袋だ。多いほうがいいかと、念のため五つも買ってきた。

ちなみにかなり安価だったので、財布は問題ない。

「これならどうでしょう！　ここの牛が牧草より好んで食べる飼料らしいですから、寄ってくるんじゃないでしょうか」

「……なるほど。餌で釣るわけだな……。搦《から》め手だが、うん、試す価値はあるのかもしれない」

オスカーさんはそう言うと、餌を手のひらにのせて、おずおずと柵の向こうへと差し出す。

見ていられないくらい、ぎこちなかった。

動物に警戒される理由、案外これかも……！

ただ餌をのせた手を差し出しているだけなのに、まるで剣士同士が間合いをはかるような、のっぴきならない緊張感がある。

そんな牧場には似つかわしくない一コマを、私は息を呑んで見守る。

……のだが、続いて繰り広げられた光景は、想像していたものとはまったく違った。

とんでもない勢いで、牛たちが集まってきたのだ。

はじめは二、三頭だったのが、すぐに十頭以上になる。大きい子も小さい子も、その目を爛々《らんらん》とさせているし、鳴き声からも興奮が伝わってくる。よほどの大好物らしい。

「こ、ここまできたら餌をくれるものならば誰でもいいようだな……。どうすればいい、俺は？」

「だ、大丈夫ですか、オスカーさん！」

大口を開ける牛もいて、さながら襲われているかのよう。

しかも今のオスカーさんは警戒するあまり、動きがたどたどしい。

慌てて助けに入ろうとするのだけど、今度は私のほうが焦りすぎた。

斜面で足を滑らせ、転びかける。

一瞬、真っ青な空に餌が舞うのが見えたあと、私はとっさに目を瞑《つぶ》った。

「アメリア、大丈夫か？」

が、再び目を開けてみると、そこにあったのは整いすぎた顔だった。

普段より大きくはっきり開かれた目が、ばっちりと私を覗き込んでいる。

まだお店をオープンしたばかりの頃、照明に魔力を注入していた際にオスカーさんが来店したときも、こんなことがあったっけ。

時間が止まったように感じる。なんの考えも浮かんでこない。

我に返ったのは、牛たちの穏やかではない鳴き声によってだ。

オスカーさんは私の背中を支えていた手を離し、そちらへ目をやる。

あたりに散らばった餌を、牛たちが懸命に探して食《は》んでいた。

「撒《ま》いてしまったな。せっかくアメリアに機会をもらったというのに」

「いいえ、そもそも私が大量に買うなんて卑《いや》しいことをするから……！」

「いいさ。それに、ここまで一心不乱に餌を食らう光景のほうがよっぽど珍しい。見られてよかったよ」

……たしかに、平和なイメージがある牧場では普通ありえない光景だ。

実際、ほかのお客様方もこちらに注目している。

結果よければ全てよしだ。

くすりと笑い声がして、私はそちらに目をやる。

さっきは近すぎて気づかなかったが、オスカーさんの瑠璃色《るりいろ》の前髪に牧草が絡まっている。

「あら、草がついてますわよ」

踵《かかと》を上げて手を伸ばし、私はそれを摘みとる。

今日初めて役に立ったかも、なんてちょっと得意な気分になっていたのだが……

「アメリアもだな。なんなら、盛大に塊がついてる」

まさか自分もとは思わなかった。私は慌てて手櫛を入れてそれを払う。

お揃いで作った芋の花のピンが取れていないかと心配になって確認している途中、オスカーさんと目が合った。

オスカーさんも、まったく同じことをしていたのだ。

二人、堪えきれなくなって笑う。

そうしてやっと、私は平常心を取り戻すことができたのだった。

……ちなみに、さっき助けてもらったことで『抱きしめてもらう』というミッションをクリアしたことになるのかは、ミレラさんに要確認だ。

その後、私たちは広い牧場をゆったりと回った。

さすがは大人気の牧場だ。牛や羊だけでなく、ヤギやウサギなども飼われており、餌やりや触れ合いができるなど飽きさせない工夫がある。

だが、私がなにより楽しみにしていたのは、もちろん別のもの。

「それでオスカーさん……、そろそろ」

「ああ、たしかに少し歩き疲れた。食事処に行こうか」

頷かれて、つい笑みが零れる。

そう、なんといってもこの牧場の目玉は、乳製品を使ったお料理や、スイーツだ。

「特に牛乳アイスが人気らしいですわ。とろりとした舌触り、濃厚なコクと甘み、それはもう牛乳という名の乳液に全身を包まれたかのようだとか！」

「……それは美味そうだな。アメリアの表現を聞いてると、なお甘美な響きに聞こえる」

「いや、ただの受け売りですけどね？　とにかく、早く包まれてみたい！」

想像と期待を膨らませながら、私たちは意気揚々《いきようよう》と食事処の看板が掲げられた小屋を目指す。

近づくごとに期待感が高まって、ついうっかり、スキップを決めてしまう。

しかし扉の前に着いた私は、そこに掲示されたものを見て、希望を粉々に砕かれた。

「……あ、アイス……休止中!?　そんな、なんで……」

「間が悪かったらしいな。すまない、俺の下調べが足りなかった」

夢見心地なところを一気に叩き落とされた気分だ。

かなりのショックに、オスカーさんのせいではないとフォローを入れることもできない。

「なんで……どうして……」

楽しみにしすぎていたせいで、未練を捨てきれない。

扉の前に立ち尽くし空笑《そらわら》いをしていたら、横手から現れた六十歳くらいの女性に「ごめんなさいね」と声をかけられた。

「数日前に、冷凍魔導箱が壊れちゃったの。珍しい魔導具だから、もう調整ができなくて」

どうやら、このお食事処の店員さんのようだ。

目の前でいつまでも残念がっていては、責めているみたいになってしまう。

なんとか顔を上げたところで、彼女の名札が目に入った。

リンツ・ボヌール、と書いてある。

もしかしなくても牧場を経営している一族の方に違いない。そんなふうに考えている間にも彼女の語りは続く。

「しかも砂糖も切らしていて、ほかのメニューもなかなかね。お客さんたちには申し訳ないんだけど」

放っておいたら、ずっと喋《しゃべ》っていそうな勢いだ。

「まぁでも、私はそもそも、ごはん処なんて牧場にいるのかい？　と思っているんだけどね。息子たちに経営を譲ったら『母さんは、ここで料理をしてくれ』って言われたから、やってるの。まぁ、人はあんまり来ないんだけどね。アイスだけはそこそこ売れていたんだけど、今回みたいに魔導具が壊れたらもうねぇ」

……止めに入る隙がまったくない！

あれ、待って。これ、料理話でいつも暴走する私と同じなんじゃ⁉

しばらくして冷静になったところで、私は彼女の最初のセリフを思い出した。

勝手に身につまされているうちに、だんだんと彼女の話が耳に入らなくなってくる。

「あの、もしかして牛乳とかはあるんですか⁉」

それに、リンツさんは大きく首を縦に振った。

「卵も牛乳もあるけど、それがあんたらに関係あるかい？　牛乳なら飲んでいってもいいさね」

再び希望の光が差し始めた。この牧場の極上牛乳さえあれば、どうにでもなる。

「あの、それだけあればアイスもできますよ！」

「まさか冷凍魔導箱を直せるのかい？」

「それは無理ですが……アイス作りなら別の方法でも可能です！　あの、ボウルを二つほど貸してくれませんか⁉　あと調理器具も少々！」

私は思わず彼女の手を握り、頼み込む。

リンツさんは、突然のことに戸惑った様子だった。

「なにを言ってるんだい、この子は」

そんな質問が、隣のオスカーさんへ投げかけられる。

「すまない、ご婦人。だが、貸してやってくれるとありがたい」

彼が帽子を取り、一緒に頭を下げてくれたことが、決め手になったようだった。

リンツさんは目尻を下げて言う。

「なんだか見たことがある顔のような……。でも、あんた男前やねぇ。ご婦人、かい。はっは、久々に呼ばれたよ。うん、あんたに免じて特別に貸すとするよ」

彼の美貌は、どの世代にも通じるらしい。

そりゃまぁね、若くて格好いい男の人に頼まれたほうが嬉しいわよね……

ともかくおかげで無事に交渉が成立し、リンツさんは私たちを小屋の中へと通してくれた。

そして腰に手を当てながらゆっくりとした足取りでボウルを取りに調理場の奥へと向かう。

「助かりましたわ、オスカーさん！」

「ああ、構わないさ。アメリアの思い立ったら即行動の流れには慣れている。それに、結局はなにもしないうちに協力してもらえることになったからな。本当は辺境伯の立場を使ってでも借りるつもりだった」

「いや、ボウルのためにそれはやりすぎなんじゃ……？」

そこまでやってくれるつもりだったのは、ありがたいけども！　って、そんなやりとりをしている場合ではない。

リンツさんが戻るまでにやることがある。私は、急いでモモを召喚する。

「モモ、お塩と上白糖、それにバニラエッセンス。出してもらえる？」

すぐに用件を伝えたのだけど、彼は私の右肩に腹を乗せ、ぐでんと伸びてしまった。頭の白い毛もはねて、ぐるぐる巻きになっているから、今の今まで転がっていたのだろう。

「なにさ、アメ。今日は精霊界でごろごろするって言っておいたよ、ボク」

「ふふ、ごめん。でも、聞いて。特別な牛乳で作る特製アイスを食べさせてあげるって言ったら、どう？」

「……アイス？　でも、もう夏じゃないし、そこまでは惹かれないかな」

「ふふ、甘いわよモモ。アイスより甘い！　濃厚クリーミーかつ、作りたて。そう、まるで全身がシルクに包まれたかのようなアイスなの！」

私は身振り手振りでもって、懸命に伝える（受け売りだけど）。

モモはまだ気だるそうな素振りを見せていたが、精霊獣はわかりやすくていい。耳がぴくっと立ち上がり、しっぽはゆっくりと揺れている。

「し、仕方ないなぁ……。アメ、期待してるよ？」

「もちろんよ。任せなさいな」

やっぱりこうなった。

モモが美味しい料理に籠絡《ろうらく》されなかった試しがないもの。

彼が調味料を生成してくれたところで、リンツさんが戻ってくる。タイミングばっちりで、モモの姿を見られることはなかった。

「おや、この粒の細かいのは砂糖かい？　これ、どうしたんだい？」

「……普段から持ち歩いてまして!!」

少し、いや、かなり苦しかったけれど、私はそれを突き通した。

さて、アイス作りの時間だ。

まさか牧場に来てまで料理をすることになるとは思わなかった。

けど、やっぱり心が躍《おど》るわね！

作業場を貸してもらった私は、さっそく調理に入る。

といっても、作り方は実にシンプルだ。

一つのボウルにお湯を注ぎ、もう片方のボウルには牛乳、卵黄を入れて湯煎《ゆせん》にかける。

砂糖を加えながらダマをなくすようにゆっくり混ぜたら、これを網杓子《あみじゃくし》で丁寧に濾《こ》すのだ。

「うむ、イメージとしては前に作った茶碗蒸しとやらに近い気がする」

手間がかかる作業だが、そこはオスカーさんが手伝いを買って出てくれた。

そして、相変わらずその感覚の鋭さは健在だ。材料こそ違えど、どちらもダマを作らないことが大切になる。

もともとオスカーさんは料理センスがあったが、ベリーハウスに勤めてから、そこに知識も加わった。

しかも努力家だ。

決して器用なほうじゃないオスカーさんだが、その手つきに危なっかしさはない。

この分なら任せられそうだと、私が次の作業の準備をしようとしていたら、リンツさんがまくった私の袖をくいっと下に引いた。

「……てっきり、料理とは無縁の男だと思っていたさね。こんなこともできるなんて、ますますいい男じゃないの」

そう耳打ちされる。

外見以外にも彼の魅力が伝わったことに、私は嬉しくなってしまう。

「わかってますよ、そんなことは」

「はは。言うじゃないか、あんたも。離すんじゃないよ。こんな立派な旦那、そうはいないんだから」

「なっ……」

夫婦と思われている時点で赤面ものだ。

しかもマンダリン商会との商談のときに引き続き、旦那を褒められて喜んでいる妻みたいな構図になってしまった。

取り乱した私はスプーンを落とすが、すぐに立て直す。

「あの、これ替えてもらってもいいでしょうか。あとできれば木ベラを貸してくださいな」

「ほほ、構わないよ。動きが多くて面白いねぇ、あんたは」

リンツさんが再び調理場の奥へと向かうのを横目に見ながら、私は左手に水属性、右手に風属性の魔力を纏《まと》わせた。

この二つの属性は高いレベルで組み合わせれば、氷属性と化す。精度が高ければ、魔物すら芯から凍り付く、強力かつレアな魔法属性だ。

……が。

私が使えるのは、水の表面が少しぱりっと凍る程度のもの。これを氷魔法なんて呼んだら、偉い人に怒られそうでさえある。

しかもこれが全力、息切れしてしまうくらいだ。

「アメリア、無理してないか……？」

「だ、大丈夫ですわ！　アイスのためならば！」

「ならいいが……。しかし驚いた。アメリアは氷魔法まで使えたのだな」

「私のはあくまで器用貧乏の域ですけどね。氷っていっても、ほぼ水ですし」

「……たしかに。この氷では、アイスを作るのは難しいのではないか？」

「ふふ、それがなるんですよ！　これがあれば！」

私がオスカーさんに掲げてみせたのは、モモに用意してもらったお塩だ。

オスカーさんが首を傾げているところへ、リンツさんが戻ってくる。

「……氷ができた、となな。あんた魔法が使えたのかい？」

「えっと、本当に一応ですが私は貴族の端くれなんです。今は庶民派食堂の店主ですわ」

【調味料生成】ができる精霊獣の召喚に比べれば、魔法が使えることがバレるくらい、どうということはない。

私は塩を氷の上に振りかけて、それをスプーンで軽くかき混ぜる。

あとはその氷水の上に、材料の入ったボウルを置き、バニラエッセンスを少量垂らして木ベラでゆっくりと混ぜていくだけだ。

数分後には、液状だったものが、だんだん半固形へと変わり始める。

「……なにをしたんだい、あんた。また冷気の魔法でも使ったのかい？」

「いいえ、違いますわ。残念ながら、私の魔法じゃそこまではできません。でも氷に塩をまぶすことで、一気に温度が下がるんです！」

はじめ、モモにこの調理法を聞いたときは目から鱗《うろこ》だった。なんとか反応だと教えられたが、それは覚えていない。勉強は苦手なのだ。

だが一度覚えてしまえば、こんなに有用な知識はない。

たとえば、暑い夏に飲み物を冷やし忘れていたとしても、塩氷水の入ったボウルにつけておけば、すぐにキンと冷えたものを用意できる！

きらきら輝いて見える乳白色のそれを、スプーンで少しこそいで舐めてみる。

私はしばしその味に浸ったあと、こくりと一つ頷いた。

「うん、すっごい濃厚。それでいて、しつこくはなくて、ゆっくり甘みが引いていく……！」

その感覚は、これまで食べたどんなアイスとも違った。

まさに極上の一口といった感じで、余韻もじっくり堪能してしまう。

たった一口含んだだけで、それこそ絹の布に全身を包まれたかのような幸福感があった。

そんな至高のアイスがボウルいっぱいという、夢のような状況である。

正直、一人でもボウル全部をぺろっといけちゃうに違いない。おなかの強さには自信があるから、あとから困ることもない。

「アイスクリーム……！　僕、あれ食べたい！」

「いいなぁ、私も食べてみたい。ここの牛乳美味しいし、それで作ったりしたら絶対美味しいもの」

けれど、いつのまにやら調理場の外には、何人もの人が集まってきていた。

どうやらアイスクリームの販売中止を惜しんでいたのは、私たちだけではなかったようだ。

「あんた、これ配ってやってもいいかい？」

「もちろん、いいですわ。というか、もともとボヌール牧場の牛乳ですから。むしろ、配ってしまっていいんですの？」

「ああ、今日は特別さ。もともと提供できない予定だったから、お客様には悪いと思ってたんだ。

それに、いいものを見せてもらったからね」

その後、リンツさんにより、来場客の皆さんにアイスクリームが振る舞われる。

アイスは大好評で、食べ終わった人は漏れなく頬を緩めていた。

やっぱりスイーツの力は偉大だ。

笑顔あふれる空間ににやにやとしていた私は、はっと思い出す。

そして物陰に隠れて、モモを再召喚した。

宙に浮いた彼が口を大きく開けるから、そこにスプーンでアイスを運んでやる。

「美味しい……！　うん、ボクの働きに見合った味だよ～」

「こら、あんまり喋《しゃべ》らないの。バレちゃうでしょ」

黙ってアイスをモモの口に運び続けていたら、ふとリンツさんの声が耳に入ってきた。

「ありゃ、最高の女の子だよ。おっちょこちょいなところはあるが、気前がいいし器量もいい。手放しちゃいけないよ、あんた」

話し相手はオスカーさんだ。

どうやら彼にも、私に言っていたのと同じようなことを言っているらしい。さすがお喋《しゃべ》り好きだ。

「無論そのつもりですよ」

なんて会話をしてるの、二人とも！

私がいないと思って！　というか、オスカーさん……！　その発言はどういう意味なの!?　ただ

「あんた、そこまで食い意地を張らなくてもいいんじゃないかえ？　あのアイスをいきなり作れる

で、リンツさんはししっと笑った。

頭を押さえながら、なおも食べようとする私を見て、オスカーさんが心配そうにしている。一方

が一つの流れだ。

それにこの痛みは、アイスを食べるときの醍醐味《だいごみ》でもある。食べる、美味しい、頭きーん、まで

代償として頭痛に襲われたけれど、しょうがない。

「……うぅ、そのとおりですね。くらっとしますわ」

「アメリア、そんなに食べたら頭が痛くなるんじゃないか」

そうして頭の奥を強制的に冷やして、どうにか恥ずかしさを抑えた。

ち去ったあとだった。それを確認するや、私は残っていたアイスを一気にかき込む。

モモの召喚を解いて、オスカーさんとリンツさんのもとへ戻ると、もうほかのお客さんたちは立

かくなるうえは、アイスの一気食い作戦しかない。

心臓が落ち着かず、まともにオスカーさんと目を合わせることもできない。

私は一人、食事処の隅っこで悶《もだ》える羽目になったのであった。

モモに苦言を呈《てい》されても、なかなか正気に戻れない。

「アメってば、ちゃんとスプーン持ってよね。食べにくいじゃないか～」

話を合わせただけ？

だけの知識と腕があるんだ。これくらいのスイーツ、いくらでも自分で作れるんじゃないの」

「いえ、ここの牛乳がなければこんなに美味しいものはできませんもの。今食べておかないともったいないですわ！　なんならほかのメニューも食べたいくらいです！　チーズを使ったものとか！」

「ほほ、嬉しいことを言ってくれるじゃないの。カルボナーラなら作れるけど、食べてみるかい？」

答えはもちろん一つ。私は大きく首を縦に振った。

手伝いを申し出たが断られたため、オスカーさんと談笑しながら待つ。

そうして出てきたのは、シンプルなカルボナーラだ。

見た目に大きなインパクトこそなかったが、一口食べるとすぐに素材の違いを実感できた。

牛乳、チーズ、生クリームと、全てこの牧場で作ったものが使われているのだろう。思わず目を見開いてしまうほど濃厚で、かつまとまりがある。

塩味の調整だって、しっかりとされていた。

ベーコンやにんにく、胡椒《こしょう》といった刺激的な調味料が多めに使われていて、パンチがある。

美味しい美味しいと次々フォークに巻いていたら、まだもうもうと湯気が立っているうちに、パスタはなくなってしまった。

「……うむ。これはかなり美味だった。並のパスタではないな」

私だけではなくオスカーさんをも唸らせるのだから、間違いない。

……しかし。

「ほほ、これは不人気メニューなんだけどね」

リンツさんから知らされたのは、意外な事実だった。

「えっ、でもここまで美味しいのに……？　なんででしょう」

「さっき言っただろ？　お客が少ないってね。ここに来る客はアイス目当てだから、それだけ食べて帰る人がほとんどなのさ」

「……なるほど」

「いっそのこと、アイス処にしちまってほかのメニューはやめてしまおうかと考えているところさ。スイーツにしたって、ほかのものはほとんど売れないからねぇ」

「えぇっ!?　もったいないですよ！」

思わず私は席から立ち上がり口走る。

勢いにまかせて無責任なことを言ってしまったかもしれない。が、撤回はしない。むしろ両の拳を握って訴える。

「ここまで美味しいんですから、売り方次第ですわ、きっと！」

同じごはん処の店主として、これほどレベルの高いパスタが提供されなくなってしまうのを見過ごせない。

なんとかリンツさんの諦《あきら》めを覆《くつがえ》したい！

私はその一心で、片っ端からアイデアをあげていく。

その場で浮かんできたものだから、大したものじゃない。

たとえばベーコンを厚切りのものに変更して見た目に少しアクセントを加えてみたり、名前を変えてみたり、最後にチーズをかけて炙《あぶ》ってみたり、と。

そこまであげたところで、彼女が待ったをかける。

押しすぎたかしらと思ったが、そうではなかった。

「ほほ。そこまで考えてくれるなら、あんたが、なにか新しい目玉商品を考えてはくれないかえ？」

「えっ、私が……ですか」

「私はもう歳だからねぇ、どうにかしたいとは思っても、この固い頭じゃあ新しいものや目立つものは作れないのさね。それになにより、個人的にあんたの作り出す料理を見てみたいしねぇ」

それは、まったく考えてもみない依頼だった。

返事をできずにいたら、リンツさんは私たちの前から空になった皿を取り、一度調理場へと下がっていく。

やけにゆったりとした動きだったから、もしかすると考える時間をくれたのかもしれない。

「アメリア、どうするつもりだ。受けるのか？」

オスカーさんに椅子を引かれて、私はそれにゆっくりと座る。

が、すぐには答えは出そうにもない。

「そうしたいですけど、簡単には請け負えませんわ。私の考えた料理で自分の店がどうにかなる分には自己責任ですけど、他人様のお店のメニューを考えた結果、まったく人気が出なかった——なんてことになったら申し訳ないですし」

「それが理由とは実にアメリアらしいな。俺としては、受けるにしてもこの場合は条件をつけるべきだと思うな。店同士の取引にするんだ」

「えっと、取引……というと、たとえば？」

「ここの牛乳を定期的に仕入れさせてもらったり、この食事処に店の宣伝チラシを置かせてもらったりするんだ。メニューを考案するのだから、それくらいはしてもらってもよかろう。今回は相手がただの客ではなく、同じ飲食店だ。これはいつものお悩み相談のように、慈善活動とはいかない」

言われてみれば、たしかにそうだ。

さすがはオスカーさん、若くして辺境伯を務めているだけのことはある。私一人だったら、そんなところまで気が回らなかったに違いない。

そして、オスカーさんはちらりと調理場のほうへ目を流す。今の会話をリンツさんに聞かれていることも折り込み済みなのだろう。

「ほほ。食えない男だね。最初からそのつもりさ。いいメニューを作ってくれるなら、牛乳やチーズの提供も、お店の宣伝も任せてくれていいよ。息子に言えば、問題ない。あんたの店でうちの商品を使ってくれるなら、こちらも宣伝になるからね」

戻ってくるなりリンツさんは、その条件をまるっと呑んでくれる。

「もちろん一定以上のクオリティは求めさせてもらうけどね」

こうなったら、もはやメリットばかりだ。

あの牛乳が定期的に入手できるならば、さまざまな料理を一つ高いレベルで提供できる。しかも、ここに来るお客さんにお店の宣伝をできるなら客層も広がる。

ただし、全て成功さえすれば、という条件付きだが。

なかなか決めきれず、思考は同じところを周回し続ける。

果てしないように感じたループだったが……

「自信なら俺が与えよう。アメリア、君の考える料理ならば間違いなく人を惹きつけられる」

オスカーさんにもらった言葉で、呪縛は解けた。

渦《うず》巻いていた不安がたちまち消えて、心に希望が湧いてくる。不思議と、本当になんでもできる気がし始めていた。

「……やりますわ！　新メニュー作り！」

私は握りこぶしを作って、息巻く。

こうして私はリンツさんの依頼を受けることになったのだった。

◇

自信が生まれただけで新商品を生み出せるものでもない。

牛乳の鮮度が落ちないうちに調理がしたかった私は、その後すぐに牧場をあとにした。公務に行くというオスカーさんと別れ、一人店へと戻る。

さんざん考えを巡らせながら、さっそく厨房《ちゅうぼう》に入る。

そして調理台に、もらってきた牛乳やチーズ、生クリームを並べた。

あのボヌール牧場の逸品だ。マーボー豆腐のとき同様、いい具材がそこにあるというだけで口元が緩んでくるが、頬を叩いて気持ちを切り替える。

「……いけない、いけない。試作品を作るために提供してもらったんだから」

「そうだよ、アメってば。まだ笑うのは早いよ」

私の顔のすぐ横に漂いながら、モモが言う。

そう、今回材料を提供してもらったのは、あくまでメニュー開発のためで、正式に契約をしたわけじゃない。

定期的に卸《おろ》してもらうには、しっかりと新メニューを考え、一月後の提案で、リンツさんに納得してもらう必要があるのだ。

……とはいえ、料理好きとしてはこんな一級品の素材を前にして、浮かれずにはいられないのだけどね！

魔導冷却箱の残り物とも相談して、私はさっそく調理に入る。

最初に取りかかったのは、グラタン料理だ。とりあえず定番料理で、素材の特徴を見極めたい。

まずはじめに鶏肉（もちろんお安い胸肉！）と、かぼちゃの乱切り、ブロッコリーをバターで軽く炒める。表面に焼き目がついたら、水を注いで煮詰めていった。

ちなみに、かぼちゃも『アメリアの畑』で採《と》れた自家製だ。

今回の仕事はリンツさんに委託されたものだから、使う食材はなにを選んでもよかったのだけど……

いつもの癖でうっかり節約してしまった。

ともかくもそれら節約具材を鍋底が見えるまで煮詰めたら、弱火へと切り替える。

次に投入する小麦粉を焦がさないためだ。

小麦粉を入れてダマがなくなるまで混ぜたら、今度は牛乳を数回に分けて注いでいく。

そしてここで、大事な一手間。加えたのは、モモの生成した粉チーズだ。

「これを入れると、ぐっと風味が増すんだよねぇ」

「そうね。ごはんにそのまま振りかけても、美味しいくらいだもの」

「そんなことをするのは、アメだけだけどね」

粉チーズというのは、チーズを乾燥させて塩などと合わせて作る調味料……らしい。

らしいというのは、これは醤油などと同様に、モモが別の世界からもたらしてくれたものだからだ。

少なくとも、こんな調味料、このあたりでは誰も使っていないだろう。

ぐつぐつと、とろみがつくまで煮詰めていく。

おたまからぼてっと落ちるくらいに固まったら、グラタンのタネの完成である。

これを耐熱皿に移してチーズをのせ、魔導オーブンでチーズがとろけるまで焼けば、完成だ。

オーブンを開けて、手縫いの愛用ミトンで取り出す。

見た目は、上々だった。

ブロッコリーの緑、かぼちゃのオレンジ、さらには少し焦げて茶色くなったチーズなんかも、食欲をそそる彩《いろど》りを作っている。

それらが浸るホワイトソースは、芳醇《ほうじゅん》な香りを発しながら、ふつふつと煮立ち、湯気を上げるのだ。

こんなの、美味しいに決まっている。

「ほら、モモの分ね」

小さな容器に作っていた一つを、モモの前にスプーンとともに置く。

モモは器用にも前足でスプーンを手にし、さっそく食べ始めるが……

「熱すぎだよ～」

すぐにスプーンを皿に戻し、身体を丸めて震え出した。

……今回ばかりは犬というより、まるで猫みたいだ。

「焦って食べるからよ。まだまだあるんだから、落ち着きなさいな」

私はそれに苦笑しながら、自分はしっかりと冷ましてからグラタンをいただく。

さすがは一級品の材料で作っただけのことはある。クリームの濃厚さが舌にまとわりついて、長く美味しさに浸っていられた。

が。

「うーん、でもちょっとパンチが足りないかも……？　それにチーズは少し酸味が強いというか」

「酸味は、たぶんフレッシュチーズだからだよ。グラタンにはあまり向かないかもね。パンチのなさは、牛乳がいつもより濃厚だから、鶏につけた下味が負けたんだよ」

言いながらモモは、もう自分で胡椒《こしょう》を生成してふりかけている。

愛くるしい見た目に反して、まるで厳しい審査員のような口ぶりだ。どれも的確でぐさぐさ刺さる。

伊達《だて》に調味料を生成してきたわけじゃないわね、この子……！

「それに、十分美味しいけど、再現性は低いんじゃないかな？　アメは当たり前にやってたけど、ホワイトソースを一から作るのはハードルが高いよ」

「ぐ、たしかに…………」

「あとかぼちゃがもう少し崩れてると、ソースとの相性がよかったかもね」

久しぶりに食らった酷評だった。

でも、負けず嫌いな私は俄然《がぜん》燃えてくる。

むしろ、ここで失敗できてよかったのかもしれない。

新メニューの提案までは、まだ一ヶ月残っている。

つまり、これからまだまだ試行錯誤すればいい！

◇

そうして意気込んでから、約三週間――

私は袋小路《ふくろこうじ》に迷い込んでいた。

案だけならば、色々と浮かんでくる。

材料が定期的に送られてくるのをいいことに、片っ端から試した。

牛乳の濃さを押し出すための具なしシチューだとか、生地にたっぷりミルクを練り込んだキッシュだとか。

けれど、これだ！　という決め手にどうしても欠けている。

そのうえ、月末の期限も迫ってくるのだから、はっきり言って切羽詰《せっぱつ》まっていた。

「わざわざ来ていただき、ありがとうございます……！」

そんな状況を打開するため、私が協力を頼んだのは、常連さんでありお友達でもある二人。

ミレラさんと、フィオナさんだ。

二人の休みに合わせて休店日を設け、試食係をお願いしたのである。

オスカーさん、ホセさんも、仕事が終わり次第来てくれる約束になっている。

「気にしなくていいわよ。アメリアちゃんのお役に立てるなら嬉しいし、うちらはあのボヌール牧場のごはんを食べられて幸せだしね」

「あ、あたしも……また頼ってもらえて光栄です……！　役に立てるかはわかりませんが」

うぅ、なんていい人たちなのでしょう。

やっぱり持つべきは友達だった……！

私は涙ぐみかけるのだが、それは束の間で終わる。

「というか、牧場デートの話、まだ詳しく聞いてなかったからねぇ。で、そのへんのとこ、どうだったの？　いやぁほかのお客さんたちもいる中じゃ聞けなくてずっと気になってたのよ」

「あ、あたしも知りたいです、それ……！」

カウンター越しに見た二人は、明らかに生き生きとしていた。

いつも堂々としているミレラさんはともかく、フィオナさんまでノートとペンを握りしめて、貪欲に目を輝かせている。メモを取る気満々と見た。

……やっぱり、そこは聞かれるわよね。

なんとなくわかってはいたが、かといって答えの用意はしていなかった。

「た、大したことはしてませんわよ。ただ二人で楽しい時間を過ごしただけですわ」

そう、それだけなのだ。

というか、途中でアイスを作り出してからは、デートだという意識は彼方《かなた》へと飛んでしまっていた。しかも脱線したことにすら気づかず、家に帰ってきてからも料理の研究に没頭してしまった。

私はそのあたりの経緯を、輪郭をぼやかしながらも伝える。

男の人とのお出かけを、誰かに話した経験などほとんどない。

恥ずかしいうえに、あまりの成果のなさに幻滅されるかもと不安に思っていたのだけど……

「あはは、アメリアちゃんらしいなぁ、ほんと。結局はごはん！　ってあたりが」

「ふふ、ですね。それをあっさり受け入れる辺境伯様も、お店で見ているままです」

二人は、声を上げて笑う。

なにも反応されないよりはマシだが、ちょっとむっとしなくもない。

一応これでも人並みにどきどきしながら喋《しゃべ》ったのだ。

「ちょっと、笑いすぎですわよ！　私なりには頑張りましたもの。そうだ、ミッションもいくつかはクリアしましたわ！　手も繋ぎました！」

「えっ、嘘。うちの出したミッション？　今の話のどこで？　そんなタイミングなくない？」

「牛を見ていたときですわ！　転びそうになった私をオスカーさんが助けてくれたんです。そのあとは牛から離れようとするオスカーさんの手を引きましたわ！」

私は雄弁に語る。

ここまで喋《しゃべ》ってしまえば、恥ずかしさがなくなってくるから不思議だった。

「まぁたしかに手を繋いではいるけど……それってどうなの？　恋人っていうより親子か姉弟みたいだし、微妙なラインじゃない？　ご褒美の件は審議が必要ね」

「……う。でも、じゃあ、どういうのが恋人の『手を繋ぐ』になるんです？」

「そうね、たとえば……」

いわゆる恋バナに花が咲く。

女子トークができていることが嬉しくてしばらく話し込んでしまい、途中ではっと思い出した。

そうだ、今日は牧場で提供するメニューの試作品を食べるために、集まってもらったのだった。

私は慌てて厨房《ちゅうぼう》へと向かう。

そうして作ったのは、メイン一つとサイド一つ、それにデザートだ。

今回はきちんと調理の手間まで考慮したので、すぐに出来上がる。

お盆にのせて、二人のもとへ運んだのだが、反応が芳《かんば》しくない。

「あ、アメリアちゃん、なにこれ……。チーズケーキ以外、見たことないんだけど？」

ミレラさんが言う。フィオナさんも全面同意らしく、こくこくと何度も首を縦に振っている。

「牛乳とチーズのマーボー坦々《たんたん》ごはん、それと、あんかけミルク茶碗蒸しですわよ？」

「……なんというか、また見慣れないものを作ったのね。これがメニューにあっても選ばないかも？　牧場感があんまりないし」

言われて、はっとする。

というか、呪いを解かれた感覚だった。迷いに迷った結果、変な方向に走っていたみたいだ。

思えば最近は、どうやったら簡単に作れるか、物珍しくて興味を引けるか、そんなことばかりを考えていた。

なんと食べてもらう前に、牧場の新作メニューとしてはそぐわないことが判明してしまった。

それはショックだったが、まだ希望は捨てられない。

「と、とりあえず食べてくださいな！」

私は二人にそう勧める。

見慣れない色味だったこともあってか、彼女たちは恐る恐るといった感じで、坦々《たんたん》ごはんを口に運んだ。

「あれ、でも意外と合うかもしれないわね。リゾットに辛味がきいた感じで、美味しい。ただ、うち的にはパンチが足りないかも」

「あたしにはちょうどいいです……！　かなりあとを引きますね」

反応は、そこそこだと言えよう。すぐにスプーンが動いて、二杯目を掬《すく》う。

その後の茶碗蒸しも、同様だった。

けれど、やっぱり牧場の新作メニューとしてズレている感は否めない。煮詰まってしまったせいで、いつからかオリジナリティばかり出そうとしてしまっていたようだ。

私はため息を漏らす。

その様子に、フィオナさんは焦ったのかもしれない。

「アメリアさん、えっとその……このケーキチーズは濃厚クリームが生で、そのえっと……アリというか！」

いつも以上に、語順がぐちゃぐちゃになっている。

「まぁまぁ、アメリアちゃん。このチーズケーキはそのまま使えるんじゃない？　ふわふわで酸味もほどよくて、かなり美味しいし、わかりやすいわよ」

フィオナさんに付け加えるように、ミレラさんも慰《なぐさ》めてくれた。

が、それはそのまま出すわけにはいかない一品なのだ。

「そのチーズケーキは、クリームチーズ、生クリーム、卵、あとは調味料だけで作ったヘルシーなケーキなんですけど……。それは、うちで見つけた古いレシピを見て作ったものなんです」

牧場メニューの開発を進める一方で、かねてから目標としていた古いレシピの再現料理だってやめたわけじゃない。

今回作ったチーズケーキは、ちょうど牛乳や生クリームを利用するため、再現してみたものだ。

メイン料理だけでは味気ないからと、デザートとしてついでに提供した。

たしかに、このチーズケーキは焼きむらにさえ気をつければ、コクもクリーミーさも旨味も、かなり高いクオリティに仕上がるのだけれど……

「アメリアさん、それじゃあダメなんですか？」

「……私の料理じゃないと、って思うんです。ボヌール牧場のリンツさんは、私の料理が見たいって言ってくれました。これは美味しいですけど、やっぱり他の人の料理ですから」

そこだけは一人の料理人として譲れない点だ。

もしこのチーズケーキで合格を勝ち取っても、まったく喜べない。そんなことをするくらいなら、素直に失敗したほうがマシだ。

……なんて思いはするものの。

それはそれとして、この時期にまた振り出しに戻ってしまったのは結構痛い。

私はまた考え込んでしまい、しんと静かな空気が訪れる。

「えっと、あたしたち、参考になりました……？　これくらいなら、辺境伯様の意見と変わりませんよね。普通のことしか言えなくて、すいません……」

フィオナさんが申し訳なさげに肩をすぼめ、そう漏らしたが、そんなことはない。

私は首を横に振る。

「いえ、とても参考になりましたわ。モモは舌が肥えすぎてますから変わった料理を好みがちですし、オスカーさんも貴族です。一般の方とは、少し価値観が違いますもの」

それに、だ。

「オスカーさんは優しすぎるんです。意見は出してくれるんですけど、基本はなんでも肯定してくれちゃうので参考にするのは難しくて……」

お店の手伝いをしているから、というのもあるかもしれない。

見慣れない料理や知らないはずの味付けにも、彼はなんの抵抗も示さない。

すぐに美味しさを理解して、ちゃんと味わってくれる。

「すごくありがたいんですけどね。やっぱり美味しいって言ってもらえると嬉しいですし、自信にもなりますし………って、なんですか、ミレラさん」

「ふふふふふ。それってもしかしなくても、アレよ。アメリアちゃん」

「えっと、アレって？」

アレ、がなにを指すのかはわからない。

けれど、彼女がこの先言おうとしていることをなんとなく理解すると同時に、彼女の表情に危険なものを感じた。

恋バナを始めたときと同じ、にやけ顔をしている。

「恋のスパイスってやつよ！　好きな人が作ってくれたら、どんなひどい味付けだって、美味しいって思えるのよ。うちの旦那も昔はそうだったし」

「それって、運命の二人にだけかかるっていう魔法のスパイスのことですか、ミレラさん！」

「まさしくそれよ、フィオナちゃん。さすが小説家の卵ね」

「『もりゆる』でも、出てきました、それ！　現実にもあったのですね!!　あたし、感動してます！」

「ちょっと二人とも、勝手に盛り上がらないでくださいな！　あと、そんな怪しいスパイスはかけてませんわよ!?」

かけたスパイスは、タイムやガーリック、ブラックペッパーぐらいである。

「勝手にかかってるのよ。というか、辺境伯様が自分でかけてるんだから、アメリアちゃんがどうしようが関係ないわよ」

「なっ……！　というか、そんなこと、ありえませんわよっ!!」

かぁっと顔が熱くなった私は思わずカウンターを叩いて、大きな声を上げてしまう。

そのとき、ちょうど入り口のベルが揺れた。

「………なにを叫んでいるんだ、アメリア？」

「いつものことでさぁ。気にすることないですよ、旦那」

約束どおり、オスカーさんとホセさんが来てくれたのだ。

でもなんで今なの……！

「わお、ご本人登場」

ミレラさんがぼそりと零す。

それを受けてますます顔が熱くなった私は、落ち着きを取り戻すため、一度控え室へと下がる。

しばらくして、どうにかこうにか気を取り直した私は、オスカーさんとホセさんにもとりあえず席についてもらった。

そうして五つしかないカウンター席のうち四つが埋まったところで、ホセさんが思い出したように呟いた。

「そういえば外、すごいことになってるぜ、あんた」

「え、外？」

なんのことだろう。

そう言われてみると、たしかに窓の外から、がやがやと賑やかな声が聞こえてくる。

話に夢中になって、意識が向いていなかったようだ。

それはフィオナさんとミレラさんも同じだったらしい。椅子に座ったまま振り返り、窓へと目をやる。

「なんだ、気づいてなかったのな。すぐそこの店に、すごい行列ができてるんだ。ここまで来るのも大変なくらいね。あそこって、もともとそんなに繁盛店だったっけ」

「え、すぐそこってことは、ほのか亭さんですか？」

「そう、その店！　とにかく、大行列。なんでも格安で提供してるみたいだぜ。あんた、悠長に店閉めてたら客を奪われるんじゃねぇの？」

ホセさんが白い歯を覗かせて笑う。

「ホセ、そこまでにしておけ。そうなったとしても一時的なものだろう。あの人気は、そう長く続くものじゃない」

オスカーさんが冷静に窘《たしな》めた。その声は低く、一瞬空気がひりつくが……

「マジな目しないでくださいよ、旦那。それくらいわかってて言ってるんですぜ」

ホセさんは軽く受け流して、雰囲気がまた緩くなる。

そんなやりとりを前に、私はといえばまったく別のことを考えていた。

「格安……美味しいごはんが格安……」

あ、と思ったときにはもう口をついていた。

四人の視線がカウンター奥へと集まってくる。

「……あんた、もしかして並びに行こうとか思った？」

「えっと、その。ほら、メニューを考えるのも行き詰まってましたし？　ちょーっと気分転換にもいいかなぁ、なんて！　そうだ、皆さんも行きませんか!?」

集まってもらったはいいけれど、このままではいい案が出そうにもなかった。あとお腹がすいたし……

いっそ巻き込んでしまえ、と私は思い切って誘う。

「……あたし、もうお腹いっぱいです」

「うん、うちも。食べたばっかりだからやめとくわ」

しかし、フィオナさんとミレラさんにこう断られてしまった。

……そうだった。

メインからデザートまでかなりの量を試食してもらったばかりだ。これ以上は入らないだろう、私ならともかく！

とすれば、呼んでおいて二人をお店に置いていくわけにもいかない。

撤回しようとしたところで、ホセさんが口を開く。

「じゃあ、いっそ旦那と二人で行ってきたらいいんじゃない？」

「え、オスカーさんとですか？」

「うん。旦那はまだ昼ごはん食べてないし、あんたはあの店のランチが気になる。だったら二人で行くのがちょうどいいじゃん？」

ホセさんが顔を横に向け、フィオナさん、ミレラさんになにやら目配せをする。

そのくりっと丸い瞳は、明らかにさっきまでより輝いていた。

なにか面白いことを思いついた子どもみたいな、そんな表情だ。

「それ、いいと思います、とっても！」

「うんうん、うちも大賛成！」

フィオナさん、ミレラさんも、ホセさんの言葉に何度も首を縦に振る。

「俺は構わないが……。だがホセ、お前も食事はまだだろ？」

「いや、よく考えたら実はお腹がそんなにすいてなかったんでさぁ」

「だが道中には腹が減ったと――」

「まぁまぁ僕のことは、いいんですって。ほら、こうしている間にも並ぶ人が増えちまいますよ」

まだなにか言いたそうなオスカーさんだったが、ホセさんに背中を押され、半ば無理やり席を立たされる。

「ほらほら～、アメリアちゃんも行ってらっしゃいな」

思わぬ展開についていけないでいた私も、ミレラさんによって腕を引かれ、肩を押される。

「適当に雑談して、終わったら二人は安全に帰しとくから心配しなくていいからな。そのあとは、僕が店番してるから！」

あれよあれよのうちに、外へ出されてしまった。

これが数秒の間に起こったのだから、呆気に取られる。

しばらく呆然としたあと、オスカーさんのほうを見ると、はっきり目が合った。

変にお膳立てされてしまうと、気恥ずかしいったらない。

私は慌てて熱くなる顔を背け、右手で軽く扇ぐ。

が、結局すぐに気になってちらりと見ると、オスカーさんは右手で前髪をくしゃりと丸めていた。

「すまない。ホセにはよく言っておく。まったく余計なことを」

「……あはは」

私の空笑《そらわら》いはしかし、雑踏の中、すぐにかき消される。

気を取り直して周りを見ると、本当にほのか亭の前は人でいっぱいだった。

「あ、あの！　どうせだったら行きませんか。私、前から行ってみたいと思ってたんです」

「そうだな。俺も気になっていたところだ。並ぼうか。もはや入り口に置かれているメニューが見えないが……」

「ふふ、行列を並んで待った人だけが知ることができるってことですわね」

あんな追い出され方をしてしまっては、自分の店とはいえ、すぐには戻れない。

どちらも言葉にこそしなかったが、たぶんそんな思いも一致していたと思う。

私たちは行列の最後尾へと加わり、ゆっくりと進んでいくのを待つ。

「これだけ並ぶなんて、どんなお料理がどんなお値段なんでしょう？」

「うむ、牛のステーキが四百エリンとかかもしれないな」

「それ、ありえませんわ！　原価大割れです！」

こんな会話を交わしているうち、気づけば列の前のほうにたどり着いていたのだから、料理の話は偉大だ。

やっと立て看板が見える位置までやってくる。

そこに書かれていたメニューに、私は驚きを隠せなかった。

「メインが、旨辛《うまから》お豆寄せハンバーグ……!?　しかも激辛対応もできます、ですって！」

「アメリアの作ったものに似ているな。それどころか、完全に意識しているように思うが？」

「……ですわね。というか、前にも似たことがありましたわ。私がお店に出汁《だし》茶漬けを出した数日後に、ほのか亭でも出してたんです」

私はそこで、はっと気がつく。

半ば追い出されるように外へ出たから、エプロン姿のままだった。

この格好で私がほのか亭に行けば、正面から喧嘩を売りに来たと捉えられるかもしれない。

青ざめた私は慌ててエプロンを外し、畳んだうえでスカートのポケットに入れ込む。

さらには頭のバンダナを少し目深に巻き直した。

ちなみにオスカーさんは、そもそも変装をしているからたぶん気づかれない。

「まだ疑問点はある。豆寄せといえば、豆腐のことか。アメリアが作り出したものではなかったのか」

「はい。あの古いレシピを見て、にがりから作りましたけど……」

「まさかレシピを盗まれたのではないか」

「そんなことをする方じゃありませんわよ。でも、どこで知ったのでしょう」

そう、それもびっくりポイント。

ニノさんもお豆腐の作り方を知っているということだ。

そう言われて思い返してみれば、例の激辛マーボー豆腐を持っていったときも、そこまで驚かれなかったっけ。

「これは人が集まるわけだな。たった五百エリン。コース料理は普通、安くても二千エリン以上はする」

「普通に考えたら、赤字ですわね。というか、レッドドレイクのポルケッタもありますけど、これだってそうそう安く提供できるものではないですわ」

ポルケッタとは塊肉の煮込み料理だ。

肉だけでも高いのに、ハーブ類や香辛料をきかせなければならない。

私にはモモがいるが、普通それらの香辛料はかなり値が張るはずだ。

……………私の店の客足よりも、ほのか亭の儲《もう》けが心配になってきたわね、これ。

私が複雑な思いでいると、ようやっと順番が回ってきた。

私とオスカーさんはほのか亭の中へと入る。

店内の面積は、ベリーハウスより少し大きいくらい。白ベースの木目調の、統一感のある内装で、席は全て埋まっていた。女性客などは嬉しそうに店内を見回している。この店の作り出す雰囲気が気に入ったようだ。

私たちはニノさんの妹さんにより、カウンター席へと通される。

中で忙しそうに調理をしているニノさんと万が一にも視線が合わぬよう、私は目を伏せた。

「この旨辛《うまから》豆寄せハンバーグとポルケッタのコースを頼む」

注文を取りに来た妹さんには、オスカーさんが対応してくれる。

特に引っかかることなく終わったから、どうやら気づかれてはなさそうだ。

ほっとした私であったが、次の瞬間、ぎょっとすることとなる。

「あ……！」

なんと、ベリーハウスの常連客の一人であるサンタナさんが隣の席に座っていたのだ。

思わず声を上げてしまった私に、サンタナさんの表情がにま〜と緩んでいく。

「お休みの日にも会えるなんて！　いやぁ奇遇ですね、ほんと。嬉しいですよ、アメリ――」

名前を呼ばれかけ肝を冷やしたのだけど……

「って、ひぃっ⁉」

突然、息が詰まったような声を上げたサンタナさんの顔が、みるみるうちに青ざめていく。

背後に感じるのは、ただならぬ雰囲気だ。

振り返ってみたら、オスカーさんが口元に人差し指を立てて目を瞑《つぶ》っている。

絵面は美しいのだけど、無言の圧がすごい。

サンタナさんはそれに、ただこくこくと頷く。

それから思い出したように鞄《かばん》を漁り、いつか見せてくれた飲食店調査ノートを取り出した。

なにやら書き出したと思ったら、それを上目遣いでこちらに見せてくる。

『ベリーハウスに行こうと思ったら閉まってたので、調査ついでにここに来たんです。決して乗り換えたわけじゃないですからね！　前にベリーハウスで食べたものと同じような名前の料理だったので、一応確認しようと思って』

……私がまったく気にしていないことだった。というか、前と同じ言い訳をしてる！

私がくすりと笑うと、それを見たサンタナさんの顔が朱色に戻っていく。

バレてはいけないという危機感が薄れるような、のほほんとしたやりとりだった。

この分ならば、料理を待つ時間もすぐに過ぎていく――

なんて淡い思いは、あっさりと消しとばされる。

「遅すぎる!!」

一人のご老人がテーブルを叩いて、こう叫んだのだ。

「もういい！　金は置いていってやるから帰らせてくれ！　二度と来ん!!」

ご老人は荷物をまとめると、ポケットから取り出したコインを机に叩きつける。

妹さんが慌てて出てこようとするが、より早かったのはそれまで調理をしていたニノさんだった。

彼女の横をすり抜け、出口の前に腕組みをして立ち塞がる。

「それは聞き捨てならんなぁ。まだ食べてもいないのに帰るなんて」

「おい、なんなんだ、あんたは。もうどいてくれよ。金は払っただろう？」

「ああ。だからこそ食べてもらわないとあかん。それともなんや。時間と金をかけた価値があるかも確かめんと、出ていくんか？」

ニノさんも引かなければ、ご老人も頑固だった。

売り言葉に買い言葉といった感じで、小競り合いが始まってしまう。

な、なんだかただならぬ雰囲気……！

ニノさんはかなり熱くなっているらしかった。八重歯を覗かせ、唇をぴくぴくとさせて、怒り顔だ。

その険悪な空気から逃げるように店を去る人もいたのだが、それを気に留めることもなく言い争う。

よそ様のお店のことだ。

うかつに口を挟むのも憚《はばか》られて、私はもどかしく思いながらも静観する。

「隣の店は提供時間も早く、愛想もよかったぞ！　あんたのところは料理も模倣なら、接客もだめだ！」

……が、思いがけず自分の店が引き合いに出されたものだから困った。

どうやらこのご老人は、ベリーハウスにも来ていたようだ。

こうなったらもう関係ないからと黙っているわけにもいかなくなる。

「どちらも熱くなりすぎですわ！」

もはや、身バレは仕方がない。

私は二人の間へと入り、仲裁しようとする。

「お前、アメリア……！　なんでうちの店に」

「それは今、問題じゃありませんわ。というか、周りを見てくださいな。ほかのお客様が怯えて出ていっちゃいましたわよ？」

「……な」

ニノさんは店内を見回し、やっとその事実に気づいたらしい。

残っているのは私とオスカーさん、サンタナさんとご老人のみだ。

ニノさんは一度眉をひそめたあと、気まずそうに視線を外す。

「ふん。客に喧嘩を売るような奴が店主をしていたら、どんな安売りをしたってこんなもんだ」

ご老人は私の意見に我が意を得たりと大きく首を縦に振る。

が、別に彼の味方をしたかったわけじゃない。

「あなたもあなたですわ。うちのお店のことをよく言ってくださったのはありがたいですが、コンセプトが違いますわ。こちらは早くて安いが売りじゃありませんもの。待つ時間も必要ですわよ」

「……まぁそうだが。でも」

「でももへちまもありません！　そうですの！　それに、模倣かどうかは食べてみないとわかりませんわ」

私がそう言い切ると、ご老人も黙り込んでしまう。

その後はしばらく、無言の状態が続いた。びびりのサンタナさんはおろおろしていたが、そこでニノさんが折れた。

「……まだ時間があるなら座っててくれるか？　できるだけ早く用意する」

そうして厨房《ちゅうぼう》へと戻っていく。

一連の流れを心配そうに眺めていた妹さんにはなにも言わない。

ただ料理をする音だけが響く。

出てきた料理は、十分なクオリティだった。

見た目も鮮やかで、運ばれてきてすぐに食通であるサンタナさんが唸るほど。

黒の平皿に盛られたサラダは紫キャベツの色が抜群に映えていて、芸術性すら感じる。

ハンバーグのお皿はあえて大きなものを使っており、縁に沿うようにかけられたオリーブオイルと唐辛子のソースが肉汁と混ざり合う。

それが風味に変化を生むのだから、すごいこだわりようだ。

そして肝心のお味も、抜群だった。

豆腐を使っていると意識しなければわからないほど肉感たっぷりで、かつ、ふわふわとしている。

そしてもっとも驚かされたのは、例の古いレシピノートに載っていた『発芽豆』らしきものが副菜に使われていたことだ。

その白くて細い麺のような見た目は、まず間違いない。

どこでこの食材を手に入れたのか、豆腐の作り方をどうやって知ったのか、そしてなんでこんなに安く提供できるのか、聞きたいことはいっぱいあった。

が、調理を終えるとニノさんはすぐに店の裏へと消えていった。

「頭を冷やす」

と一言だけ聞こえてきたから、外へと出ていってしまったらしい。

結局その後、ニノさんが店に出てくることはなかった。

食事を終えたご老人は、私たちより先にほのか亭をあとにする。

「たしかに味は十分なものだったよ。今日はすまなかった、また来るさ」

妹さんにこう言い残していたから、彼なりにニノさんのやり方を認めたということなのだろう。

「この安さで提供しちゃだめでしょうってくらい美味しかったです！　単純に味だけでみても、個人的には結構上位に食い込みますよ」

サンタナさんも高評価だ。

少し興奮気味にそう言うと、次のお店の調査があるからと去っていった。

本当なら、どちらの感想もニノさんが直接聞くべきものだ。

私も話したいことや尋ねたいことがあったが、待っていても出てこなそうだったからしょうがない。

席でお会計を済ませ、立ち上がろうとする。

「申し訳ありません……！」

そのタイミングで、妹さんから唐突な謝罪を受けた。

それもかけていた眼鏡がずり落ちるほどの勢いだ。

おとなしい方だと思っていたから、私はびっくりして、すとんと腰から落ちるように再び席につく。

その間にオスカーさんが返事をしてくれた。

「なんの件だ？　さっきアメリアが仲裁した喧嘩のことか？」

「それもありますが、そもそも今回のメニューについてです」

「やはり、アメリアの料理を意識して作ったものだったか」

「はい……。辛い料理も豆を使った料理も値段も、完全にベリーハウスさんを意識していたみたいです。お騒がせしてすみません、ご迷惑でしたよね。兄に代わってお詫びいたします」

長い謝罪のあと、私はとりあえず彼女に顔を上げてもらう。

「別に迷惑とは思ってませんわ」

飲食店を営《いとな》むのだから、近くのお店は気になって当たり前だ。客の奪い合いにだってなりうる。

ここまであからさまだと思うところはあるけれど、むしろ気になるのは、別の点だ。

「それより、このお値段であんな料理を出して大丈夫なんです？　私の感覚だと原価割れしてますわ。廉価《れんか》で卸《おろ》してくれる特別な仕入先でもあるんですの？」

彼女は力なく、首を横に振る。

「そんな都合のいい取引先はありませんよ。完全に赤字です、思いっきり足が出てます」

「……やっぱり」

「はい。でも兄がやりたいって言うなら、私はなにも言えません。作るのは、私じゃありませんから」

そう言って彼女は、腰元に置いていた拳をぎゅっと握り締めた。

「今回の件も、勝手に食材調達までおこなわれていました。私には止められません」

まるで呪いの言葉でも発するかのような、低い声だった。

それに驚いていたら、彼女は落ちかけていた眼鏡の位置を直しつつ、目を瞑《つぶ》る。

「一度熱くなっちゃうと、どうしようもないんです、兄は。料理のことになると、特にそう。とことん負けず嫌いで、頑固なんです」

震える声でゆっくりと語る彼女を、止めてはいけない。そんな気がして、ただ話を聞く。

「兄はあなたに特別な対抗意識を持っていました。開店前からずっと。それは今も変わりません」

それはひしひしと感じていたし、理由もなんとなく想像がついていた。

私は、カウンターに飾られた優勝記念盾へと目をやる。

形こそ少し違うが、私の店にも置いてある。

「私がベルク王国お料理大会の優勝者だから、ですよね？」

「はい。兄も、過去の優勝者でした。でもそれだけじゃありません。あなたのお店がある場所は、そもそも私たちが買おうと思っていたところだったんです」

「え、えっと？　あえて、あの家を……ですか」

不思議な話だった。

よっぽどほのか亭のほうが綺麗な建物だ。

私もここを候補に入れていたが、なにせ貧乏男爵家の出である。

私の手が届く代物ではなく、結果として今の建物を選んだ。

「ゆかりがあったんです。もともと、ベリーハウスさんの家は、おばぁが――私たちの祖母が使っていた店舗兼自宅だったんですよ。といっても、亡くなる少し前からは、うちの実家で暮らしていて、あそこは空き家として売りに出していたんですが」

そう聞いて、話が繋がる。

思えばニノさんは、肉屋さんでの宣伝勝負のとき、地元の方々と親しげに会話を交わしていた。

しかも、おばあ様が料理屋をしていたとも言っていたっけ。

顔見知りが多かったのは、その店がすぐ近くにあったからなのね。

妹さんによると、ニノさんが独立して自分の店を持つことを決めた段階で、ちょうど家が売れてしまったらしい。

それを購入したのが私ということになる。

目を丸くする私とオスカーさんに、彼女はなおも続ける。

「お門違《かどちが》いなのですが、兄としては家を横取りされたように感じたみたいです。だから最初から対抗心むき出しでした」

「……そんな事情があったのですね」

「すぐに集客なり評判なりで勝てれば、兄も満足したのかもしれません。ですが、あなたの店は本当にいつも繁盛していました。それに対抗して、今や赤字を出してまで人を呼んでます……。それが正しいとは思えないんですが………」

「作るのは自分じゃないから、ですか」

弱々しく彼女は頷き、そのまま俯《うつむ》いてしまう。

強く握られた袖口がよれているのを見れば、その複雑な心中は察せられた。たぶん、どうにもできない自分に悔しさも感じているのだろう。

彼女はそのまま腰を曲げて、頭を下げる。

「……すみません。呼び止めての長話も失礼いたしました。今回の件は、兄に代わってお詫びいたします」

そして、そのままの姿勢を保ち続ける。

どうやらこのまま見送るつもりらしい。

こうなれば、とにかく店を出るほかなかった。

外に出て扉を閉めた軒先で、ほっと息をつく。

「あの分なら、改善は期待薄だろうな。これからも張り合ってくるとみたほうがいい。あのニノという男は、かなり頑固のようだ」

オスカーさんは、出てきたばかりの店を振り返り、苦虫を噛み潰したような顔をする。

その横で私は、妹さんの話を思い返していた。

なにか重大なことを忘れているような気がしていたのだ。

むむむと一人頭を捻っていると、それが唐突に繋がる。

その瞬間、私は衝動に駆られてベリーハウスのほうへと走り出した。

「アメリア？　どうしたんだ、急に——」

「妹さんにお話を聞いて思い出しましたわ！　オスカーさんは、戻ってゆっくりなさってください！」

ベリーハウスに急ぎ戻ると、店内にいたのはホセさん一人だった。

「戻ったんだなー、女子二人ならさっき帰ったところだよ。まぁまぁ話が盛り上がっちゃってさー……って無視!?」

カウンター席で足を組みくつろぎながら話しかけてくるが、私はその横を素通りする。

迷わず向かったのは、厨房《ちゅうぼう》だった。

「すいません、あとで聞きますわ。それと、お留守番ありがとうございました！」

「……なっ、あんた。僕のこと、子ども扱いしてね？　というか、旦那は？」

「すぐに戻ると思いますわ！　私はこのあと出ますので、またお留守番よろしくお願いします！」

会話をしながら私が漁るのは、引き出しの中だ。そこから、目的のものを引っ張り出す。

「アメリア、本当にどうしたんだ……」

店の入り口でオスカーさんとすれ違った私は再び、ほのか亭へと駆け込んだ。

テーブルを水拭きしていた妹さんが、こちらを振り向く。

「……なにか忘れ物ですか？」

「違いますわ！　これを見てもらいたいと思いましたの！」

そこで私が机の上に置いたのは、例の古いレシピノートだ。

ページを何枚かめくったあと、彼女に向けて差し出す。彼女は目を落とすなり、ぐっと深くそのノートを覗き込んだ。

「これって、今日うちで出した料理……。というかこの字……」

かじりつくように見て、吐息のような小さな声で言う。

「そのレシピノートは、あの家から出てきたんです。私はそれを参考にお豆腐……えっと豆寄せや、チーズケーキを作りました。それに、その発芽豆も作ろうとしていたところでしたの。――さっきお話を聞いていてて思ったんです。もしかして、このノート、お二人のおばあ様がお書きになったのでは？」

というか、ほぼ確信に至っていた。

そうであれば、ニノさんがお豆腐を作れたのも納得がいく。

おばあ様から直接作り方を教わっていたのだろう、きっと。

妹さんは最初のページから、ノートを見始める。

「たしかにおばぁの字、それに食べたことのある料理ばかりです」

やっぱりそうだ。私が納得する横で、彼女はノートに夢中になっていた。

ざくざくライスボール、豆腐、発芽豆などページをめくっていき、最後のページへとたどり着く。

「このページはどうされたんですか」

「見つけたときには破れたり、にじんだりしていて、作り方の部分が読めないんです。材料にお豆腐や発芽豆を使うとあったので、とりあえずはそれらを作ることを優先しようと思っていたところですわ」

私はちらりと、彼女を窺《うかが》う。

「もしかして、作り方、わかりますか？」

「……はい、たぶん」

ここまでの情報があったから、その返事にはもう驚かない。

牧場メニューの開発に行き詰まって店を訪れたことがきっかけで、まさか古いレシピの再現のほうが進みそうになるのだから、わからないものだ。

私が妙な感慨に浸っていたところ、ただ、と彼女は続ける。

「随分と小さかったので、覚えているのは少し変わったピザだったということぐらいです」

「じゃあニノさんは――」

「いえ、兄は知らないはずです。おばぁが兄には秘密のとっておきだよ、と私の前で作ってくれたので」

彼女はそう言うと紙とペンを取り、そこに再現図を描き出す。

さっきと打って変わって生き生きとしているその姿に、私の心は即座に決まった。

「急がなくてもいいですわよ。そのノートはお返しいたします。ゆっくり思い出してくださいな」

「えっ……でも、いいんですか。まだ再現の途中だったんじゃ？」

「もともとたまたま見つけただけですもの。おばあ様も私より、お二人が使ってくれたほうが喜びますわ」

もちろん未練がないわけじゃない。私だって結構本気で再現に取り組んできたし、目標の一つにもしていた。

だから、付け加えさせてもらう。

「その最後のページの料理が再現できたら、食べさせてくださいな。それを楽しみに待ちますわ」

これくらいのわがままなら、いいわよね……？　私だってレシピを手にした時点で、無関係というわけではないんだもの。

妹さんはなにか思うところがあったのか、ペンをテーブルに置くと、ノートをじっと見て考え込む。

そしてしばらくして顔を上げ、口を開いた。

「あの、アメリアさん。私に作り方を教えてはいただけないでしょうか」

思わぬ頼み事に、へ、と素っ頓狂な声が出てしまう。

「私が、ですか？　ニノさんと作ればいいのでは？」

「兄が誰も彼もに張り合うようになったのは、もとを辿ればおばぁの料理が原因なんです。おばぁは、いろんな料理を生み出して、たくさんの味を私たちに残しました。兄はそんなおばぁを尊敬していた。そのおばぁに教えてもらった料理で、誰かに負けてはいけない。そんなふうに考えているんです」

「ただ意地っぱりな性格ってわけじゃなかったのですね……。でも、それがなぜ私と作ることに繋がりますの？」

妹さんは一呼吸おいてから、窓の外へと目をやり、それに答えた。

「兄は誤解しているんです。おばぁは自分の料理で、一番になってほしいわけじゃなかった。もっと別の意味があったはずなんです。少なくとも、私はそう聞かされていました。……この料理を再現できれば、兄にそれをわかってもらえるかもしれません。でも、兄が完璧な一品を追い求めて作っても、それじゃあこれまでと変わりません。私が作るしかないんです。ですが……それだけの技量がありませんので」

彼女はそこまで言うと、顔をこちらへ向ける。

ぎょっとしたのは、瞳の表面が濡れているうえ、頬が上気して真っ赤になっていたからだ。

おばあ様のことを思い出して、気持ちが昂《たかぶ》ったのかもしれない。

彼女は眼鏡を取ると、目元に袖をあてがう。

「このままじゃ兄は店を閉めて修行する、とか言い出してもおかしくない……。模倣品だと言われたりライバルだと思っていたあなたにお客様との喧嘩を仲裁されたことで、より負けたくないって意固地になるでしょうから。時間がないんです。だから恥を忍んで、お願いいたします、アメリアさん。どうか！　お願いいたします！」

襲ってきたのは、耳奥にきんと響く大声量だった。

頭がぐらりと揺れるくらい。

路地裏にも響いたらしく、びっくりしたのだろう野良猫の怒ったような鳴き声があとに続く。

「す、すみません。大声で失礼しました。それで、いかがでしょうか。お受けいただけませんか！」

正直に言えば、今の私に余裕はなかった。

牧場メニューは提案期限まで残りわずかにもかかわらず、いまだに白紙状態だ。

通常営業と並行することを考えれば、暇な時間はほとんどない。

が、答えに迷うことは一切なかった。

「私でよければ、お任せくださいな！」

私は胸を叩いて、笑顔を作る。

これで二人が救われるのならば、あとのことはその先に考えればいい。

「本当ですか。ありがとうございます！」

「いいえ、まだ礼には及びませんわ。じゃあさっそくやりましょうか、まずはそのピザの再現からですわね。どうぞ、うちへいらしてくださいな」

「い、今からですか？」

「もちろんですわ！　時間がないって、おっしゃったでしょう？」

◇

「聞こえましたか、旦那」

「ああ、あれが聞こえないわけがないだろう」

別に、聞き耳を立てるつもりはなかった。気にならないと言えば嘘だが、隠したいことは誰にでもある。

あえて詮索はしないつもりだったが、耳に入ってきたものはしょうがない。今だって、「でも今からは迷惑なんじゃ」「気にしないでくださいな」なんて会話が漏れ聞こえる。

察するにアメリアは、あの店の女性に料理の指導を依頼されて、それを引き受けることにしたようだ。

「やっぱり大したお人好しですよ、あの御仁。ライバル関係にある店舗まで助けようなんて、僕じゃ考えられないかも」

ホセは身につけていた腕輪を指で弄《もてあそ》びながら言う。

「しかも、まだ牧場に提案するメニューもできていないってのに。よくやりますよね、ほんと」

たしかに、普通ならありえない選択だ。

だがその一方でアメリアなら受けるだろうとも思っていた。

相手がどんな立場の人であれ、困っている人がいれば手を差し伸べ、一緒になって問題を解決しようとする。

それが彼女であり、そんな甲斐性があるからこそ自分——オスカー・テームズの人生において、彼女だけが光り輝いたのだ。

「で、手伝うんですかい？　別に、反対したっていいと思いますぜ？」

「アメリアが必要とするなら手を貸すつもりだ。それで一つの店が救われるのなら、領主としてもそのほうがいい」

「綺麗事言っちゃって。本当にいいんですかい、旦那。あそこの店主、男なんでしょう？　その妹への料理の指導っていっても、要するにほのか亭のため。その男のために手助けするようなもんですぜ？」

「変に煽るなよ、ホセ。アメリアは、そこまで考えていないだろう」

「ま、そりゃそうでしょうけどね」

「それに俺個人としても、あの女性を応援したい気持ちが生まれた」

「まさか、ここにきて乗り換えるんですかい？　あの御仁とじゃ、なにも始まらないから？」

「抜けたことを言うな。そんなわけがないだろう」

たしかに、アメリアとの関係に進展らしきものは、このところほとんどない。

よくも悪くも、落ち着いてしまっている。

店での手伝いもはじめこそ新鮮さがあったが、それもいつのまにか当たり前になり、顔を合わせることにも特別さを感じない。

非日常が日常へと変わる。

それは仲が深まった証《あかし》でもあるのかもしれないが、同時に停滞でもある。

そのことに、もどかしさを感じていないわけではなかった。だがいつのまにか、今の関係が壊れることへの不安のほうがそれを上回ってしまっている。

だが、ずっとこのままでいいとは思っていない。もっとこの先の景色だって、彼女とともに、できれば二人で見たい。

そんな自分の思いを再確認したのは、ついさっきだ。

「ただ、俺も欲しいものは欲しいと言うべきだと、さっきの叫びで気づかされただけのことだ」

ほのか亭の女性は、兄のためにライバル店であるアメリアを頼った。

声でしか聞いていないが、それでもそこに乗った強い感情は十分に胸を打った。

そうして我が身を振り返って、情けない思いになる。

最近の自分は、アメリアが困らなければ、そして関係が崩れなければそれでいい。そんなふうにばかり考えて、自分の想いを押し込めてきた。

でも、バランスばかり気にしていたら、いつか思いがけず誰かに崩されることだってある。

どうせ崩すのならば、自分で。

そんな思いが、心に渦巻《うず》いていた。

「とにかく俺はアメリアを手伝うさ」

これがうまくいったら、そのときは一歩を踏み出そう。

そんな決意は、ひっそりと胸の内に秘めておく。いくら心を許した執事にだって、公言するものじゃない。

オスカーは一人、熱くなる胸に手を当てた。

◇

「というわけで、これからこのレシピを再現して、ミカさんに作り方をお教えしますわ！」

ベリーハウスに帰るなり、私はオスカーさん、ホセさんにどーんと宣言した。

ニノさんの妹さん——ミカさんは私の陰に隠れるように、身を縮めている。

無理もない。

少しずつ誤解がとけてきたとはいえ、オスカーさんは街ではまだ血も涙もない領主として通っているのだ。

「よ、よろしくお願いします……」

「よろしくお願いしますわ！」

正直無茶なことを言っている自覚はあった。

時間もないのに大丈夫か、と苦言を呈《てい》されてしかるべきだ。

だから少し強引にでも通そうとしたのだけれど、それは杞憂《きゆう》に終わる。

「アメリアが決めたなら、そのようにしようか」

「ま、旦那がそう言うなら僕は従うだけだよ。……正直、なにもできないけど」

予想に反して二人はあっさりそれを受け入れてくれたのだ。

いっそこちらが戸惑ってしまうくらい、たとえるなら青じそドレッシングくらいあっさりしている。

「えっと、いいのですか。というか、経緯も知らないですわよね？」

藪《やぶ》をつついて蛇を出すかもしれないのに、うっかり、こちらから聞き返してしまった。

「いいや、二人のやりとりは丸聞こえだったからな。だいたいの流れは既に把握している」

うっ、たしかにあれだけ大声でやりとりをすれば、数軒先でも聞こえてしまう。

「街の店が潰れるのを阻止できるならば、領主としてもいい話だ。反対はしないさ。それに店主は俺ではなくアメリアだからな」

オスカーさんはそう言うと、席を立ち厨房《ちゅうぼう》へと回る。

彼と一定の距離を取り続けようとしてミカさんは私の身体を盾にするようにして動き回るが、これではいつまで経っても始められない。

私は彼女の後ろへと回り、その肩を掴むと、そのまま厨房《ちゅうぼう》へと向かわせる。

「大丈夫ですわよ。オスカーさんはとっても優しくて、素敵な方ですわ」

こうしてまだぎこちないながらも、三人並んで、さっそくピザの再現へと取りかかった。

それからというもの、私はかなりの時間をそのピザの再現と、ミカさんの指導に使った。

そもそも再現すること自体が、かなり難しかった。

完成イメージがざっくりしていたし、材料はわかれど、分量などの記載は破れてわからなくなっていたから、そこは感覚で補《おぎな》うしかない。

四人で試行錯誤を繰り返して（ホセさんは味見だけだったけど）、まずはおおよそのレシピを復元する。

その後、ミカさんに作り方を伝え練習してもらっているうちに、あっという間に三日が過ぎた。

「そろそろ、ニノさんに食べてもらう特製ピザを作りましょうか！」

その日の夜、私はミカさんにこう提案する。

オスカーさんが公務でいないので、彼女は洗い物などを手伝ってくれていた。

私の提案によっぽど驚いたのか、彼女が手から平皿を滑らせる。私は身体をかがめて、どうにかそれを受け止めた。

「まだ無理です。私はど素人ですし、アメリア師匠にも、テームズ様にももっと習わなければ形にもなりません」

うっ、またしても師匠呼びだ。

その響きに慣れず、胸の奥底がむずむずする。

実際、今回の料理指導は一品のみだし、そこまで大袈裟なものじゃない。

なのにミカさんが頑《かたく》なにそう呼ぶから、一部のお客様には弟子をとったのだと勘違いされることもあった。

だがそれも、今日までだ。

「ミカさん、あなたはもう十分うまくなってますわよ。それに、完璧を求めるわけじゃないんでしょう？　なら、とにかく一回本番のつもりで作ってみてくださいな」

「お褒めいただき光栄ですが、自分の実力はわかっているつもりです。まだ到底無理でございます」

彼女は、あくまでもこう固辞する。

このあたりの自分への厳しさは、ニノさんに似ているのかもしれない。

私はその気になってもらう方法を考えて、こほんと咳払いをする。

「し、師匠として断言しますわ。あなたなら、きっともう大丈夫ですの」

自分で『師匠』と名乗ることの恥ずかしさときたら、かなりのものだ。

声が震えてしまったうえ、中途半端な言いっぷりになって威厳もなにもないが、一応ミカさんにはきちんと届いたらしい。

「……………そこまで言ってもらえるのなら、一度やってみます」

彼女が頷いてくれたので、私は準備に取りかかる。

まずはじめにおこなうのは、豆腐の水切りと粉砕だ。モモに聞いたところ、本来なら時間をかけて水分を抜くものらしいが……

「はい、これくらいですわね！」

私には魔法があるから、時短ができる。

絹袋に包んでボウルに入れ蓋をしたら、その中に小さなつむじを閉じ込める。そして、それにほんのり炎属性魔法を混ぜて熱風へと変える。

頃合を見て取り出すと、豆腐は水分が抜け、かつ蒸発して、ほどよいペースト状になっている。

「何度見ても、便利ですね、それ」

ミカさんは羨《うらや》ましがってくれるが、大したことじゃない。低級魔法を料理に使っているだけだ。

「さ、私が手を貸せるのはここまでですわ。口なら貸せるかもしれませんが」

そして、ここからミカさんの出番である。

私は絶対に手を出さないようにするため、厨房《ちゅうぼう》を出てカウンター越しにピザ生地を捏《こ》ねる工程を注視することとした。

豆腐のほかに混ぜ込むのは、砂糖、塩、それから潰したお米である。

粗く潰すことにより食感を残しつつ、粘りけを出すのが大切だ。

水分量に気をつけ、べちゃつきを抑えなくてはいけないのだが、それがまた難しい。

けれどミカさんはそれも、ほどよい具合に仕上げられていた。

それを捏《こ》ねて丸め、調理台に叩きつけるのだが、その手つきも様《さま》になっている。ここは、とにかく強めにやるのが大切だ。

私がはじめモモに教わったときは、「もっとだよ！　あのスペンスって野郎への怒りを込めて！」とか言われたっけ。

「あの馬鹿兄！　もっと融通《ゆうずう》きかせろ！　なんでもかんでも張り合ってんちゃうで！」

それをそのまま教えたから、方言も相まってかなり怖い感じになってしまったのは、うん、ご愛嬌だ、きっと。

「いい感じですわよ、ミカさん」

「師匠の教えのおかげです」

この三日間、ほのか亭はニノさんの固い意志によって閉められ続けていた。

ミカさんによれば、「絶対、誰にも文句を言わせない、より完璧な味を」と研究に没頭しているのだとか。そのため、ミカさんはほぼ朝から晩まで私の店にいた。

おかげで通常営業の合間にも料理の指導をおこなえたのだ。

だが、上達のなによりの理由は、そこじゃない。

さすがは料理屋の家系というべきか、とにかく筋がいいのだ。ずっと近くでニノさんの料理に触れてきたからかもしれない。

生地を叩きつけたあと、香りを飛ばさないためにオリーブオイルを加える。

その後、空気を含むように優しく捏《こ》ねたら生地の完成だ。

生地を広げ、まずトマトペーストをまんべんなく塗る。

次に、茹でた発芽豆――モモ曰《いわ》く『もやし』のオリーブオイル漬け、ベーコン、玉ねぎスライス、きのこなどをのせたら、チーズと胡椒《こしょう》を散らして、魔導オーブンで焼く。

色味や具材への火の通り方を見て、細かい温度調節をし、ほどよい焼き目がつけば完成だ。

オーブンから出てきたピザの香ばしい匂いは、この三日で何度も吸い込んできたが、やはり格別だ。

……はぁ、なんて食欲をそそられる匂いなのかしら！

見た目も彩《いろど》り鮮やかに、かつたっぷり野菜でボリューム感もばっちり。

カットしたときの音からして焼き具合も問題ないから、贔屓目《ひいきめ》を抜きにしても十分な出来だ。

「さ、持っていきましょうか、ミカさん」

「……でも、まだ野菜の切り方なども甘いし、生地ももっとよくなる余地が――」

「いいから行きますわよ。冷めないうちに！」

私はミカさんを急かして、裏口から一緒に出る。

目と鼻の先にあるほのか亭に入ると、カウンター席で不機嫌そうに頬杖をつくニノさんの姿があった。

「お兄、いつからそこに？」

ミカさんが聞いたけど、なぜかニノさんの視線は私へと向く。

それで、およその事情は察せられた。

「……えと、気づいてました？」

「二人が組んでなにか企《たくら》んどるってくらいはな。毎日朝早くに出て夜遅くに帰ってくるし、あんたの店からは声が筒抜けやしな。ミカが言うてた文句も聞こえてたで。新しいメニュー考えようにも集中できへんくらいな」

うぅ、こうまで言われるとなると、そろそろ改築しないとだめかも……？　三軒隣まで筒抜けはさすがにまずい。

でも、今回ばかりはむしろ都合がいい。

「なら話は早いですわ。こちらをミカさんが作ったので食べてほしいんです」

「……お兄、よかったらどうや？　そら、私は下手やし、お兄ほどうまくないけど一応師匠や辺境伯様にも教えてもらったしそれなりには――」

と、ピザののった皿を抱えたミカさんが早口でごにょごにょ喋《しゃべ》る中、ニノさんは立ち上がる。大股でこちらへ来たと思ったら、ピザを一切れ掴んで頬張った。

「あ……」

その行動は予想外だったのだろう。ミカさんは口を半分開け、唖然としてそれを見る。

「昔おばぁの作ってくれたピザとよう似た味がするな」

黙々と口を動かしたあと、出てきた言葉はこれだった。

すぐに気づいたあたり、さすがはお孫さんだ。

「これ、どないしたんや？　どうやって作ったん？」

まだ呆気に取られているミカさんに代わり、私は料理を作るに至った経緯を説明する。

「……それで、豆を固めた料理をあんたが知ってたんやな」

ニノさんもそもそも疑問を抱いていたようで、思ったよりすんなりと信じてくれた。

「ミカさんに聞きましたわ。もとはおばあ様から料理を学んだそうですわね？」

「……なんや、そんなことも聞いたんか。まぁそうや。俺のおばぁは、少し風変わりで健康的な料理が得意でな。俺はその料理を発展させて誰にも負けへん料理を作ることを目標にしとる。もちろん、アメリア、お前にもな」

また、負けず嫌いが顔を覗かせる。

ぎらぎらとした対抗意識が彼の中にあるのを肌で感じた。

「このピザやって、俺が作ればもっとうまくやれる。火の入れ方も、生地の捏《こ》ね方ももっと上がある」

彼は味の確認をするためか、もう一枚ピザを手に取ろうとする。

「……そうじゃない」

そのときだ、ミカさんがピザ皿をニノさんから遠ざけた。

洒落《しゃれ》た店内で、兄妹二人、静かな睨み合いが始まる。

「なんや、ミカ。俺に批評されるのが嫌ってか？」

「そういうことやない。これは、そういう料理やないんよ。おばぁがこの料理を作ったのは、競争のためやない」

「……なにを言うてるんや？」

「ただ、おばぁはお兄にみんなと同じ食事をしてほしかったからなんよ」

振り絞るようにして言ったミカさんに、ニノさんは目を見開く。

それは、このピザを作る過程で私も気づいていた。

兄妹の話に首を突っ込むのはどうかしらとも思うが、少なくとも無関係ではない。ミカさんの援護をするつもりで口を開く。

「ニノさん、幼い頃は小麦を食べられなかったのでは？」

「……そやけど、なんでそれをあんたが」

「このレシピノートですわ。全ての料理で小麦を使っておりません。ライスボールもチーズケーキもこのピザも、普通は小麦を使うところを別のものに代えていますもの。それにクロケットの宣伝対決をしたときも、昔は食べられなかったって言ってましたし」

そう考えると、こうした新しい料理が生まれた過程も理解できる。

この国で小麦が身体に合わないとなれば、まず普通の食事はできない。

パスタもグラタンも、そのほとんどが小麦を含む。

それらを食べられず輪に入れないことが、時に食事の枠を越えて、疎外感を生むことは想像にたやすい。

たぶんニノさんのおばあ様は、それを避けたかったのだ。

ニノさんにみんなと同じ食卓で、同じ食事を楽しんでもらいたかった。

だからこそ、これらの一風変わった料理が生まれた。

たぶんそれは孫を思いやるからこそできた、膨大な努力の積み重ねで。

「アメリア師匠の言うとおりや。おばぁの料理は、ずっとお兄に向けられてた。誰かを倒すためとか一位になるためとか、そんな理由やないっ……！」

ミカさんは涙ぐみながら、途切れ途切れに言葉を紡ぐ。

それがニノさんに届いたかどうかはわからない。

泣き顔になる妹を前に、ニノさんの瞳の焦点はどこか遠くに向いている。

だが、やがてその目からは、一筋の光が零れ落ちた。

彼は慌ててそれをぬぐうと、椅子に座る。

そして身体を回転させて、顔を背けてしまった。

「……そんなん急に言われても困るで」

ぼそり、こう呟く。

それまで上がっていた肩は丸くなり、それきり喋《しゃべ》らなくなってしまった。

めらめら燃え上がっていた対抗心のようなものは、もう感じられない。

たぶん、思うところがあったのだろう。

「そっとしておきましょうか」

ミカさんにそう声をかけ、私たちはすっかり冷めてしまったピザを残して、ほのか亭をあとにした。

「あれでよかったんでしょうか」

ベリーハウスに帰ってきて、ミカさんが漏らす。

「私、あんなに静かな兄を見たの初めてで……。それにあそこまで言ったこともなくて……」

彼女は不安げな顔をしていたが、私は心配ないと思っていた。

「大丈夫ですわよ、きっと。ニノさんには伝わりましたわ、おばあ様の思いも、ミカさんの思いも」

ここまできたら、あとは彼の問題だ。

ゆっくりと噛んで飲み下してくれれば、きっとわかってもらえるに違いない。


――こうして無事にピザの再現とミカさんへの料理指導が完了した翌日。

「で、どうするんだ、アメリア？」

「こ、これから考えますわ。スーパーでグレートなやつを！」

私はオスカーさん、モモと、ベリーハウスの店内で頭を悩ませていた。

理由はもちろん、先延ばしにしていた例の牧場メニューに関してだ。

提案期限まで残すところ、四日である。

普通なら微調整を進めておきたいところだったが、まだまっさらな白紙状態だ。

「あー、うー、なにかないの、モモ!!」

「ボクだって考えてるよ～」

こうなったらとりあえず、モモのふわふわに頭をうずめて一旦休みたい。

そう思って漂うモモを追いかけるが、彼は小さな身体を器用に動かしてそれを避ける。

「……椅子に膝をぶつけるなよ」

オスカーさんにそれを見守られるという、奇妙な状況の中、店の扉がノックされた。油断したモモをそこでやっと捕まえた私は、オスカーさんと目を合わせる。

まだ朝早い時間帯だから、まさかお客さんではあるまい。

もしかして実は日付を間違えていて、今日がメニュー提案の期限だったりして……と青ざめるが、違った。

「ちょっとお兄、いきなりノックは失礼や」

「じゃあどうしろ言うねんな」

扉の向こうからこんな会話が聞こえてきて、ほっとする。

「あの、どうされたのです?」

扉を開けて、ニノさん、ミカさんと対面する。

こうしてお二人がうちに来るのは、初めてのことだ。

新鮮さを覚えつつ、ふと疑問も湧いてくる。

「というか、ニノさん。もう大丈夫なんですか」

昨日の彼を見るに、しばらくは立ち直れなそうだった。

これまで自分が信じて進んできた道を、妹に否定されたのだ。

それくらいの反動は仕方がない。

そう思っていたのだが、どうだ。彼の顔は晴れやかなものだった。

「……ああ、おかげさまでな。昨夜一晩色々考えて、目が覚めた。俺はおばぁのためとか言いながら、いつのまにか自分のことばっかになってたらしいな。あんたとミカには、それを気づかせてもろうた。…………せやから一つ、その、言うとこう思って来たんや」

そう言われたので、私はモモの毛を撫でつつ首を傾げて待つ。

が、ニノさんはどういうわけかそこで黙り込んでしまった。首筋に手をやり、眉根を寄せる。

ミカさんがその袖を軽く引っ張ると、「わかっとるがな」と眉をつり上げた。

眼鏡のツルを押し上げたり、こめかみをかいたり忙しない。赤い顔をして、目線は地面に向いたまま、やっと口を開いた。

「その、おかげさまで考え直せたわ。ありがとうな」

私は虚をつかれて、数秒目をしばたたく。

「…………は、はい」

そう答えるのがやっとだった。

そんなふうに言われるとは思いもしなかったからだ。

「そこまで驚かんでもえぇやろ……！」

しっかりと突っ込まれて、やっと我に返る。

たしかに、失礼だったかもしれない。

「まったく、失礼するわ、二人とも。俺やって感謝くらいさらっと言えるんや」

「よう言うわ、お兄。こそっと練習してたん、知ってるんやで」

「なんでそれを、というか、知ってても言うなや！」

突発的に生じた言い合いに、私はくすりと笑う。

見たところ、二人の仲に亀裂が生じた感じはない。なんなら深まったようにすら感じる。

それが、自分のことのように嬉しかった。

ニノさんは不器用ながらも正しく、ミカさんやおばあ様の意図を汲《く》んでくれたのだ。

私はほんわかした思いに浸り、二人を眺める。

「ほのか亭の店主よ」

そこへ頭上からいきなり、オスカーさんの声が降ってきた。

ほぼ面識がないだろうニノさんになぜか呼びかける。

「アメリアに感謝したいのなら、一つ頼まれてはくれないか」

「あんた、辺境伯様やんな。なんのことや？」

「アメリアは今、牧場で提供するためのメニューを考えているんだが、もう時間がない。それを一緒に考えてほしい」

何事かと思えば、私ですら思いつきもしなかった話だった。

相手はライバル店であり、しかも数日前まではばちばちに張り合っていた。

いうなれば、昨日喧嘩したばかりの同級生だ。気まずさだってある。

でも、そのことに囚われなければ、たしかにいい考えだ。

かなりの腕を持つだけでなく、数々の創作料理を作っているニノさんが味方についてくれれば、百人力だ。

「ぜひ、お願いしますわ！　猫の手も借りたかったんです」

オスカーさんに便乗する形で、私も頼み込む。猫っぽいニノさん相手だから、ついそんな言葉選びになってしまった。モモにも無理やり頭を下げさせる。

「……な、なんなんや、急に」

突然すぎたのか、ニノさんは戸惑っていたが、やがて首を縦に振ってくれた。

「しゃ、しゃあないな、今回だけやで？　俺が誰かの料理考案を手伝うなんて、そうないことやで？」

仕方なさそうにしていたが、たぶんというか間違いなく逆だ。

どうやら頼ってもらえて喜んでいるみたい。

頬を人差し指でかくニノさんを見ながら、私はミカさんと笑い合うのだった。

◇

——そうして迎えた提案当日。

ボヌール牧場に向かう道中で、私はかなりの緊張に襲われていた。

「うぅ、なんだか落ち着きませんわ」

前に来たときも、ミレラさんに与えられた恋愛ミッションのせいで心臓が跳ねっぱなしだった。

前回と違う点といえば、オスカーさんもどこかそわそわしている点だろうか。

一見すると普段どおりだが、やたら服をまくったり窓の外へ目をやったりと、落ち着かない様子だ。

「オスカーさんも緊張していらっしゃいますわね？」

「……今回は俺の調理にかかっているから、少しはな。だが、それだけではない」

でも、じゃあなにを？

そう尋ねようと思ったのだけど、なにやら眉根を寄せたりして一人で葛藤《かっとう》している様子だったから、そっとしておいた。

やがてボヌール牧場へと着く。

食事処に向かうと、そこには既にリンツさんが待ち受けていた。

「よく来たね、二人とも。いいものはできたかい？」

出会い頭の問いかけに、私は首を縦に振る。

「色んな人に協力してもらいましたから、自信ありありですわ」

それでも緊張しているのは、ニノさんたちの努力の全てがこの瞬間にかかっているためだ。

「じゃあ、作ってくれるかい？　私はここから見ておくさね」

食材は持参したものをのぞき、既に用意してもらっていた。

私はオスカーさんと調理場に入り、さっそく作業に入る。

気合十分で、持参してきたエプロンを結び髪をとめたが、調理のメインを務めるのは私ではなく、オスカーさんだ。

そのほうがよりシンプルさを理解してもらえると思ったためだ。

実際、たったの三ステップしかない。

じゃがいもを茹で、そこにチーズと生クリームを加えたら、『おから』を足し合わせ、塩と胡椒《こしょう》で味を調《ととの》える。

「……なんだい、その見たことのないものは」

「変わった見た目ですが、要するに大豆《だいず》ですわ。これなら、うちで作れますから心配なさらないでくださいな」

　このおからは、豆腐を作る際に出る大豆《だいず》の搾りかすだ。

　これを使おうと提案したのは、モモだった。彼が元いた日本では、小麦の代用として使うこともあったらしい。

　フィオナさんやミレラさんが、健康的で美容にいいからと豆腐を好んでいたのも、決め手の一つだ。豆腐からできるおからも当然、同じく健康食材だ。

　オスカーさんは早くも成形へと移っている。その際に使うのは、牛の姿を模した型抜きだ。

　これにより、見た目を可愛く、かつ、一口大にできる。あとはこれを少なめのオリーブオイルで揚げれば、もう完成だ。

「これで完成だな。名前はたしか……」

「覚えておいてくださいな、オスカーさん。『さっくりおからチーズもち』。略して『おかチー』ですわ！」

　ちなみに、牧場が丘の上にあることもかけているのだけど、それは伏せておく。

　持参してきた深めのコップに盛り付けたそれをリンツさんへと提供した。

「……ここまで変わったものになるなんてねぇ。はえ～、可愛いじゃないか」

　彼女は顔を近づけ、それをじっくり見たあと、添えておいた楊枝《ようじ》で、一つ口に入れる。

　カリ、と気持ちのいい音が響く。

外側は硬めの食感だが、中はとろりとしている。

おからはさっぱりしているが、それだけだと食感がぱさぱさとしてしまう。それをチーズのとろみが補《おぎな》ってくれるのだ。

「……うちのチーズの味が引き立つねぇ。うん、美味いじゃないか。串に刺せば、食べ歩きできるサイズなのもいいね」

どきどきしていたが、こう呟いてくれてほっとした。

ただ、この料理の魅力はそこだけではない。

「それだけじゃありませんわよ。これは、おからを使うことで小麦の使用を控えています。小麦が食べられない人や健康を考えて買い控えてしまう人を減らして、子どもも大人も楽しめる料理というのがコンセプトです。追いチーズソースなんてサービスもいいかもしれませんわね」

ここまで広い視野で考えることは、私一人ではまずできなかったことだ。

あの古いレシピノートと出会い、さまざまな料理作りを経たうえで、ニノさんと協力しなければ生み出すことができなかった。

「……家族みんなで楽しめる、か。ほほ、考えたものだね」

今の私が、牧場で提供するという条件の中で出せる、最高のメニューだ。

その後リンツさんは、無言で『おかチー』を頬張り続ける。

そして食べ終え、口を開いた。

「……それで、月にどれくらいの取引量だい」

「えっと？」

「この『おかチー』なら、牧場の新メニューに最適だと思ってね。訪れた人が手にしているイメージも、しやすかったよ。見込んだとおりだったよ、あんたは」

それを聞いて、私は大きく息を吸い込む。隣にいたオスカーさんと笑顔を交わして、拳を握った。

この一ヶ月の苦労が実を結んだのだ。

色んな人の手を借りてきたことを思うと、喜びもひとしおである。

「ありがとうございます!!」

込み上げてくる嬉しさで、声がうわずってしまう。

そこから私は店主として、交渉に入った。

オスカーさんにも助けられながら、最終的にはなかなかの好条件で話がまとまる。

チーズ、牛乳、生クリームなどの乳製品を仕入れさせてもらう代わりに、おからを買い取ってもらう。

また、『おかチー』の売上の一部をもらえるうえ、牧場にうちの店の宣伝チラシも置いてもらえることとなった。

これほど評判のいい牧場にチラシを置いてもらえることは、うちにとっては大きなプラスだ。

「ふふ、ニノさん驚きますわよ、きっと！」

そして、それだけではない。

ほのか亭にも乳製品を卸《おろ》してもらえるようにお願いをし、許可を得たのだった。

レシピを考案中、ニノさんはずっとボヌール牧場のチーズをはじめとする食材の質の高さに唸っていた。

「羨《うらや》ましいなぁ、えぇなぁ、これがあればなぁ」とか物欲しそうに言っていたから、きっと喜ぶはずだ。


帰りの馬車の中、私はニノさんの反応を想像する。

「余計なことしなくていいのに……、とかジト目で恨み言を言われそうです。でも、あとから照れた顔で八重歯を覗かせてお礼言われたりして！　いや、お手紙かも？」

私はオスカーさんに向けてそう話したのだが、彼は「そうだな」と軽く流して、それ以上は続かない。

もともと寡黙《かもく》な彼だが、ここまで反応が薄かったことはあまりない。

なにか機嫌を損ねたかしら……？

「えっと、どうされました？」

そういえば、行きの時点から少し様子が変だった。

考えごとが今回の提案の件じゃなかったとすると、政治関係でなにかあったのかしら？

私は静かにしておこうと、外の景色に目を向けた。

山々を見ながら、ついつい持参してきたクッキーに手を伸ばそうとポケットに手をやる。

「アメリア」

そこで名前が呼ばれたから、なんだか恥ずかしい。

私はそっと手を膝に戻して、顔を正面へと向けた。

すぐに目が合ったから、驚いた。

オスカーさんは両手を膝につき、少し背を屈《かが》めて、まじまじと私の顔を見ていたのだ。

えっと、なにごとなんでしょう、これは……！

あまりにまっすぐな視線に、私の姿勢は自然と正される。

「アメリア、少し今後の話をしたい」

「今後の話、ですか」

「ああ、そう先の話ではない」

わざわざ切り出すからには、重大な話なのだろう。少し考えて、一つ思いあたった。

「……あ。もしかしてお店にあまり来られなくなるとか？」

まぁ、オスカーさんの本業は、辺境伯様だ。

広大な領地を治める貴族であり、仕事もたくさん抱えているに違いない。

人手が少なくなるのは痛いし、なにより寂しくなるけれど、もともと一人と一匹で始めた店だ。

彼の悪い評判が少しでもよくなればと思って店で働いてもらっていたが、道半ばとはいえ少なくとも常連さんにはもう十分彼のよさは伝わっている。

とすれば、彼に甘えてばかりもいられない。

「残念ですけど、仕方ないですわね。でも心配しないでくださいな。ほのか亭さんとも仲良くなったことですし、これからはうまく助けてもらったりしながら安定的にまったり、なんて――」

私は目を瞑《つぶ》りながら、月並みな言葉を並べようとする。

けれど、どういうわけか、きゅっと胸が締めつけられて苦しくなる――そんな不可解な現象に襲われていたところ、彼が「違うのだ」と言った。

「……えっと？」

オスカーさんは疑問符を浮かべる私を前に、一度息を整える。

なにか重大なことでも言い出しそうな雰囲気に私も身構え、ごくりと唾を呑んだ。

どんな話が飛び出しても、動じるまいと心に決める。

「…………アメリア、今度俺とデートに行ってくれないか」

てっきり、もっと人生に関わるような話かと思っていたが、それは想像よりずっと身近な話だった。

ただ、もたらされた衝撃は比にならない。

デート、とはっきり聞こえた。

これまで彼とは何度も出かけたけれど、そう明言されて誘われたことはない。

あれ、もしかして聞き違えた？

ほかの言葉である可能性も捨てきれない。

勘違いだったら、恥ずかしすぎて馬車を飛び出さなくてはいけなくなるしね。

「えっと、ゲートですか。どちらの？」

「別にどこかのゲートに行ってもいいのだが、そうじゃない。デートだ」

やっぱり間違いではなかった。

そして誤算だったのは、言い直してもらったらもらったで、猛烈な勢いで照れくささが込み上げてきたことだ。

熱くなってくる頬を扇いでいたら、彼が続けた。

「アメリア、俺はもっと君と親密になりたい。二人でしか見られない景色を増やして、同じものを食べて、この先もそばにいたい。よかったら、どうだろうか」

オスカーさんはどうやら吹っ切れたらしい。

普通なら気恥ずかしくて到底口に出せないような言葉が次々と繰り出される。

これ以上は、受け止めきれない。

「……はい、ぜひ」

今できる返事は、これが精一杯だった。

喉につっかえて蚊が鳴くような声しか出なかったし、髪に手櫛を入れるのを止められない。

「そうか、よかった。また場所は二人で決めようか。食事を中心にしても構わない」

「そ、それもいいですわね！　えっとデートといえば、なにが定番なのでしょう」

「海……といっても、もう秋も終わってしまうな。場所はまた考えるさ。そういうのは任せてくれていい」

ほのか亭さんとも仲直りをして、これからはまったりと……と青写真を描いた矢先だが、どうもそうはいかないらしい。

『ごはんどころ・ベリーハウス』での日々は、これからも色んな意味で刺激的になりそうだ。

この作品に対する皆様のご意見・ご感想をお待ちしております。

おハガキ・お手紙は以下の宛先にお送りください。

【宛先】

〒150-6008 東京都渋谷区恵比寿 4-20-3 恵比寿ガーデンプレイスタワー 8F
（株）アルファポリス　書籍感想係

メールフォームでのご意見・ご感想は右のＱＲコードから、
あるいは以下のワードで検索をかけてください。

アルファポリス　書籍の感想　検索

ご感想はこちらから

本書は、Webサイト「アルファポリス」(https://www.alphapolis.co.jp/) に掲載されていたものを、改稿・改題のうえ書籍化したものです。

男爵令嬢《だんしゃくれいじょう》のまったり節約《せつやく》ごはん2

たかたちひろ

2023年 10月　5日初版発行

編集－塙綾子
編集長－倉持真理
発行者－梶本雄介
発行所－株式会社アルファポリス
〒150-6008 東京都渋谷区恵比寿4-20-3 恵比寿ガーデンプレイスタワー8F
TEL 03-6277-1601（営業）　03-6277-1602（編集）
URL https://www.alphapolis.co.jp/
発売元－株式会社星雲社（共同出版社・流通責任出版社）
〒112-0005 東京都文京区水道1-3-30
TEL 03-3868-3275
装丁・本文イラストー仁藤あかね
装丁デザインーAFTERGLOW
（レーベルフォーマットデザインーansyyqdesign）
印刷－図書印刷株式会社

価格はカバーに表示されてあります。

落丁乱丁の場合はアルファポリスまでご連絡ください。

送料は小社負担でお取り替えします。


ISBN978-4-434-32683-7 C0093